MW01252628

Elsa Triolet

L'AGE DE NYLON

Luna-Park

Gallimard

La maison se vendait meublée. Il y avait des lilas dans le jardin, des masses de lilas, avec des grappes lourdes comme du raisin noir. L'épicière du village, qui détenait les clefs de la maison, se battait avec la serrure. L'acheteur la regardait faire. Puis il entra derrière elle dans un petit hall, traversa une salle à manger aux volets fermés, et, arrivé à la cuisine, dit : « C'est bon, je l'achète. »

Un homme plutôt gros et qu'on aurait dit très blond s'il avait encore assez de cheveux pour parler de leur couleur : il en restait juste de quoi faire une auréole derrière sa tête, comme à distance. Le bleu lui remplissait les yeux en entier, des yeux de nouveau-né, et l'insignifiance des cils clairs rendait ce bleu illimité. Il avait le nez court et de petites dents blanches dans une bouche moelleuse. Tel était cet acheteur qui ne prenait pas le temps de la réflexion, et il fallait être épicière d'un lieudit pour ne pas aussitôt reconnaître en lui le cinéaste Justin Merlin. D'habitude, un metteur en scène, c'est bien plus un nom qu'un visage, mais Justin Merlin était si célèbre qu'il avait fini par se matérialiser, et que sa stature rembourrée, son auréole d'or, son regard bleu ne faisaient plus qu'un avec ce nom : Justin Merlin.

Il venait de terminer un film. Encore bruissant des bruits du studio, la tête farcie de l'histoire racontée, les yeux clignotants d'images, il avait pris la fuite. Désespéré comme toujours après avoir posé la dernière pierre, il se demandait comment il avait pu choisir de tourner cette histoire sans intérêt, ce mince sujet dont il n'y avait rien à tirer, quand le monde est plein de choses merveilleuses et graves à dire. Qu'est-ce qui lui avait pris, mais qu'est-ce qui lui avait pris!...

Va pour cette maison, n'importe laquelle ferait l'affaire, pourvu qu'on l'y laissât s'installer tout de suite, avant même que les formalités de l'achat n'aient été terminées. « Tu parles de formalités, songeait l'épicière, payer des millions pour cette vieille baraque! »

Justin avait un homme d'affaires diligent, dès le lendemain il put s'installer dans la maison au fond des lilas. Arrivé vers le soir, il y avait découvert une chambre, s'était couché dans le lit fait par l'épicière et ne se réveilla que lorsqu'il faisait à nouveau nuit. Un air frais venait par la porte-fenêtre ouverte. Il mit sa robe de chambre pardessus le pyjama et alla vers l'air frais...

Justin Merlin fit quelques pas sur une terrasse ou un balcon enveloppé dans un crépuscule brumeux tournant à la nuit. Une branche de lilas humide et parfumée vint lui frôler le visage... Demain, il verrait demain. Justin alla se recoucher, se rendormit.

Le soleil entrait par les trois fenêtres, côté terrasse. Confortablement appuyé dans les oreillers,

Justin regardait avec curiosité la chambre de sa nouvelle maison. Tout d'abord, en ouvrant les yeux, il s'était demandé où il se trouvait... il eut l'inconfortable impression de s'être introduit chez des gens par erreur. Peut-être avait-il trop bu la veille au soir? Quelqu'un allait entrer, lui demander ce qu'il faisait là! Il avait failli se lever d'un bond, fuir... Puis cela lui était revenu, peu à peu, à reculons : dans le soir, une branche de lilas humide... l'épicière qui met des draps... il rentre la voiture dans un garage... Mais, bien sûr! c'était la maison qu'il venait d'acheter! Quand Justin Merlin atteignait un certain degré de fatigue, il lui arrivait de se livrer à des extravagances. Bon, il l'avait achetée, cette maison... Curieux. Couché dans ce lit, Justin regardait *sa* chambre.

Elle avait ce qui distingue le corps d'un dormeur immobile, du cadavre. Tiède, paisible, la chambre semblait respirer, et on aurait dit qu'elle attendait l'apparition habituelle de celle qui l'habitait. Qui toutes les nuits couchait dans ce lit. Car c'était sans nul doute une chambre de femme. Justin sentit soudain la finesse des draps. Chiffrés... il n'arrivait pas à lire les lettres à l'envers. Fallait-il qu'il ait été fatigué pour ne pas avoir remarqué le confort de ce matelas, la légèreté des couvertures. Il aurait aussi bien dormi sur des pavés.

Ce qu'il y avait de curieux dans cette chambre, c'était sa ressemblance avec une boîte à cigares. Tout en bois, murs et plafond, précieux, couleur de bois de rose. Les profondes embrasures des grandes portes-fenêtres côté terrasse, à gauche, et des petites fenêtres, à droite, étaient habillées de ce même bois... Des meubles cannelés. Justin se rappela les opalines vertes et roses qui brillèrent un instant sur le bois de la coiffeuse, avant qu'il n'ait éteint. Les voilà... Un vieux tapis à petits points, le dessin imitant le parquet... Justin se leva, soudain pris de l'impatience, de la curiosité du voyageur à l'arrivée dans une ville inconnue : il voulait voir sa maison, il était pressé de connaître la maison qui avait une chambre comme celle-ci.

Justin sortit sur la terrasse, côté soleil, sur cette terrasse où, dans la presque nuit, des lilas étaient venus à sa rencontre. Une assez grande terrasse à hauteur d'entresol, prise des deux côtés dans des buissons de lilas et ouverte au milieu sur des champs. Justin regardait le vert naissant, transparent, du duvet de poussin qui couvrait le doux galbe des champs devant lui, et il sentait monter en lui comme une étrange allégresse : il lui arrivait quelque chose de bien. Le numéro tiré au hasard était gagnant, lui apportait cette douceur, ce ravissement... Il allait vite s'habiller, faire le tour de la maison, du jardin, du pays, tout voir, tout connaître.

Il y mit du temps. Il ne se pressait pas, se donnait le temps nécessaire pour voir chaque recoin, du grenier à la cave, du portillon d'entrée dans le mur courant le long de la route du village et séparant le jardin des jardins voisins, et jusqu'à la large ouverture dans ce mur aveugle, remplacé par une grille, ouverture qui donnait sur les champs. Ni la maison, ni le jardin n'étaient bien grands, mais le jardin était agrandi par les champs avec lesquels il communiquait à travers la grille ; et, dans la maison, les pièces coulaient l'une dans l'autre, le petit hall dans la salle à manger, à droite, et dans la bibliothèque en face... et la salle à manger avait tout un mur en persiennes, si on les ouvrait elle coulerait dans le jardin... Et ainsi de suite. La suite se résumant d'ailleurs en trois chambres au premier, auxquelles on accédait par un escalier prenant dans le petit hall ; plus la cuisine à la suite de la salle à manger, et le garage à la suite de la cuisine, et une minuscule resserre à la suite du garage. La chambre où Justin avait couché se trouvait derrière la bibliothèque, un peu au-dessus, et il fallait monter trois marches pour y accéder.

Justin aimait marcher, la marche était son seul sport. Il marchait, inspectant le printemps comme sa maison et son jardin. Les larges paumes, les doigts tièdes du soleil se posaient sur la fatigue de ses épaules, jouaient avec son auréole... Justin regardait les couleurs qui revenaient aux joues pâles de la terre. Le village était fait d'une grosse ferme et de cinq ou six maisons, c'était tout. A la sortie, il y avait le château sur une petite hauteur, au fond d'un parc. Les volets du château étaient toujours fermés. De l'autre côté du village, derrière les champs, loin, on voyait des cheminées d'usine. Les hommes du village y travaillaient, ils partaient très tôt le matin, en vélo ou scooter. Les gosses partaient très tôt à l'école près de l'usine, à pied. Les femmes restaient chez elles. Justin Merlin avait pour lui seul la terre entière. Il était parti sans laisser d'adresse.

Marcher, respirer, dormir... L'ébullition en lui, le Vésuve de sa tête, finirait bien par se calmer, cesserait de cracher le feu, la lave. Justin faisait des kilomètres sur les chemins de terre à ornières profondes qui menaient à travers les champs, il s'en allait par les sentiers dans les taillis et les bois. Le paysage était assez plat, vide, grand, monotone, et lorsqu'on y marchait, c'était comme dans les airs ou sur la mer, il semblait qu'on n'avançait pas, qu'on piétinait sur place. Justin rentrait pour manger, dormir. Son œil bleu eut vite raison de l'épicière, Mᵐᵉ Vavin, et elle s'employait avec un dévouement maternel à lui enlever tout souci domestique. Elle aurait aimé le servir à table, dans la salle à manger, mais, invoquant son irrégularité, Justin s'était débarrassé d'elle et se servait lui-même à la cuisine, ornée de petits carreaux blancs à dessins bleus, d'une cuisinière froide sous une hotte, et d'un réchaud à butane. Mᵐᵉ Vavin mettait son couvert sur la table en bois blanc et laissait près du réchaud les légumes tout cuits, les œufs, le bifteck. Justin savait fort bien se préparer une omelette, griller la viande à son goût. Mᵐᵉ Vavin ne revenait plus jusqu'au lendemain, il était délicieusement seul dans la maison.

Était-ce bien *sa* maison ? Ce sentiment qu'il avait eu en se réveillant, le premier matin, de s'être introduit chez quelqu'un, il le retrouvait à tout bout de champ. Quand il rentrait, il s'attendait presque à voir apparaître la maîtresse de maison, et, le soir, l'absence de lumières dans les fenêtres lui semblait étrange, l'inquiétait ! Il lui arrivait de faire tomber sa canne dans le petit hall, exprès, il remuait une chaise, faisait claquer une porte... mais rien ne se produisait en réponse, et il se traitait d'imbécile, bien que ce qu'il faisait là lui vînt comme inconsciemment. Il pénétrait dans la bibliothèque qui l'accueillait avec une hospitalité discrète, et il n'y rencontrait de vivant que les livres.

Dans cette bibliothèque comme ailleurs, Justin Merlin mettait les pieds dans les traces de quelqu'un qui semblait ne pas être parti, tant ces traces étaient fraîches. Lorsqu'il s'asseyait dans le fauteuil de velours rouge à haut dossier courbé suivant la ligne du dos, sa main allait d'elle-même aux livres les plus faciles à atteindre, à des livres lus et relus, s'ouvrant largement, comme habitués à offrir certaines pages à des yeux qui venaient y chercher Dieu sait quoi. Des romans, des mémoires, des contes fantastiques... Perrault, Grimm, Hoffmann et Andersen avaient cet aspect de livres de messe appartenant à un catholique pratiquant ; il y avait des volumes comme usés par la lecture, *Trilby* de Georges du Maurier, par exemple, ou *Les Hauts de Hurle-Vent*, ou *Le Château des Carpathes*... *Le Grand Meaulnes*... *Jacquou-le-Croquant*... et tous les livres d'Isabelle Eberhardt, cette Russe musulmane qui, à la fin du xixe siècle, avait apparu en Algérie, y menant la vie des Arabes... Des rayons entiers étaient occupés par des encyclopédies... par des ouvrages sur l'aviation... l'astro-physique... l'astro-nautique... Et lorsque Justin s'asseyait devant le bureau noir, un grand bureau de notaire avec des tiroirs et un vieux cuir fauve, il pouvait voir sur le buvard d'un sous-main très ordinaire, en carton, les lignes d'une écriture à l'envers. Le gros encrier en cristal, sans encre, portait sur son plateau une multitude de crayons, canifs, taille-crayons... Il y avait des timbres, des trombones, des punaises dans de belles boîtes en cuir patiné, lisse, presque noir, et de la monnaie de pays divers dans une coupe en opaline blanche... Dans un gobelet d'argent sans eau, une rose et quelques brins de muguet, desséchés.

Justin pouvait rester ici longtemps, sans rien faire, les yeux et la pensée vagues. Il aimait cette pièce, les murs faits de livres vous embrassent mieux que tous autres de leur chaleur vivante. Le plafond ici était assez haut, puisque la bibliothèque avait la hauteur du rez-de-chaussée plus l'étage, ce qui lui donnait un air de chapelle, d'autant plus qu'elle était arrondie à un bout, avec des placards dans les coins, derrière les boiseries en rond, et que les fenêtres étroites et hautes appelaient les vitraux. Lorsque Justin avait pour la première fois fermé les rideaux en fausse tapisserie, majestueux à cause de leur longueur, et allumé la lampe en opaline blanche, il eut si fortement le sentiment de surprendre l'intimité de quelqu'un, qu'il se retourna, comme pris en faute. Décidément, cette maison était habitée, non de spectres et de revenants, mais d'une continuelle présence vivante.

Il avait choisi de lire *Trilby*. L'atmosphère de ce livre convenait à l'atmosphère de la maison et Justin feuilletait avec attendrissement les feuillets jaunis du volume. Il ne l'avait jamais lu, mais sa mère, une Anglaise, lui avait jadis raconté cette histoire surnaturelle d'une femme qui avec la plus belle voix du monde n'aurait pas su chanter *Au clair de la lune* tant elle manquait d'oreille, si le pouvoir étrange d'un homme n'en avait fait la plus extraordinaire des cantatrices. Le jour où cet homme était mort, Trilby, en pleine gloire, en plein théâtre, avait perdu sa voix. Justin, dans le fauteuil rouge, devant les rayons de livres, se laissait bercer par le lent récit anglais, par la voix du souvenir de l'auteur et par ses propres souvenirs, et il lui semblait faire la connaissance d'un personnage dont il aurait beaucoup entendu parler. Trilby avait naturellement sa place dans cette maison...

Un jour, il rentra plus tôt que d'habitude de sa promenade matinale, avec le propos délibéré de poser des questions à Mme Vavin. Il se laissa faire lorsqu'elle lui proposa de préparer le déjeuner, l'incita à parler, ce qui n'était pas difficile avec Mme Vavin, et évita de justesse le récit détaillé de sa vie. Mme Vavin tournait autour de lui, remuait les casseroles et parlait. Elle était vive et à son affaire, les travaux domestiques devaient lui être naturels comme à une poule de picorer et de pondre. D'ailleurs, elle ressemblait un peu à une poule, lourde sur ses jambes grêles, le nez pointu et l'œil rond. Elle portait une blouse noire à petit dessin blanc, comme on en vend dans les marchés, et des pantoufles noires : elle était en deuil de son mari.

Non, la maison n'a pas été vendue par une dame, elle avait appartenu à une Société Immobilière, M. Merlin devait tout de même savoir à qui il l'avait achetée! Qui était derrière? Elle ne saurait le dire... Peut-être bien la dame qui l'avait habitée plusieurs années de suite, mais Mme Vavin ne la connaissait pas, parce qu'elle-même n'était au pays que depuis peu de temps, d'ailleurs si elle avait su comment étaient les gens de par ici, jamais elle n'aurait quitté son commerce à Gisors... Elle s'était trouvée veuve, et un agent immobilier avait su l'embobiner... Alors, depuis qu'elle habitait le patelin, la dame n'était jamais venue ? Non, c'était comme elle l'avait dit, depuis qu'elle était là, la maison avait toujours été fermée. Et puis, le même agent immobilier était venu lui demander si elle voulait se charger de faire visiter, et lui avait confié les clefs. D'ailleurs à qui d'autre les aurait-il confiées ? Les gens ici étaient une drôle d'engeance... Les messieurs-dames du château ne venaient que pendant un mois d'été et ne mettaient jamais les pieds au village. Mme Vavin croyait même qu'ils craignaient les gens d'ici, tous des ouvriers qui travaillaient à l'usine, sauf les paysans de la grosse ferme, mais ici les ouvriers agricoles ne sont pas plus commodes que les ouvriers d'usine. Le châtelain était le président du Conseil d'administration de l'usine. Ce qu'on y fabrique ? Des objets en matière plastique. Une Société anonyme... ce sont toujours des Sociétés anonymes, ces grosses boîtes-là. L'usine appartient quand même nommément à un M. Genesc, il est venu l'autre jour, vous ne l'avez pas vu, M. Merlin ? Un pas grand, plutôt blond, une belle voiture... Il s'est marié dernièrement, paraît-il. Il y a des choses qui ne tournent pas rond, à l'usine, des histoires de sécurité. L'autre semaine, on avait encore emmené à l'hôpital un gosse de seize ans avec la main coupée au ras du poignet. Toujours est-il que les gens d'ici, ils ne sont pas comme ailleurs. Quand les hommes partent au travail, les femmes restent chez elles, porte close... Elles viennent à l'épicerie parce qu'elles ne peuvent pas faire autrement, il leur faut du sel et du sucre et du savon et des pâtes, mais c'est à peine si elles vous disent bonjour, bonsoir... Pourtant quand la maison a été vendue, à M. Merlin, n'est-ce pas, les voilà qui rappliquent, mine de rien, aux nouvelles... La jeune Marie, celle qui a des jumeaux, a même dit : « Dommage... Elle était gracieuse, l'ancienne propriétaire... » Si, elle a dit le nom, mais je n'ai pas fait attention, quelque chose comme Otil, Otal...

Ce que Mᵐᵉ Vavin lui avait appris n'était pas grand-chose, mais Justin se sentit content de ce que la dame qui avait habité la maison était gracieuse. Après tout, il aimait mieux ne pas en savoir trop long sur elle, prendre la place d'une inconnue était moins dérangeant... Il se plaisait dans sa maison, non pas que les goûts de la dame fussent les siens, mais il était curieux de les découvrir et ils ne lui déplaisaient pas. Et, même, il se sentait content de se les laisser imposer, et se disait qu'à Paris, il irait voir des opalines, rue Bonaparte, rue des ⁀ints-Pères...

Il fit la trouvaille, un soir. Un soir qui déjà prenait la douceur de l'été, et il y avait au-dehors, dans ce pays désert, des pas comme en font les amoureux, lents, inconscients. En sortant un livre de la bibliothèque, une clef était tombée à ses pieds. Il la ramassa avec hâte, comme si elle pouvait s'enfuir. La clef du secrétaire, peut-être ? Il y avait dans la bibliothèque un secrétaire dont la clef restait introuvable, un beau meuble ancien, en acajou, avec des reflets noirs et luisants comme ceux d'un hauteforme. Grand et profond, ce fort imprenable occu-

pait beaucoup de place et narguait Justin de sa
surface close, aveugle.

La clef tourna facilement et le large abattant du
secrétaire se mit à lentement descendre vers Justin. Un beau meuble... Au milieu, la petite cathédrale en creux, avec son fronton et ses colonnettes
en citronnier, était encastrée dans une multitude
de petits tiroirs, le sombre acajou souligné par le
jaune du citronnier. Justin admira. Est-ce que le
mot secrétaire vient de « secret »? Il chercherait,
peut-être trouverait-il des tiroirs secrets là-dedans.
Mais le creux en cathédrale, au milieu, était bourré
de papiers. Justin tira sur un bout de ficelle qui
dépassait... un paquet de papiers attachés ensemble
suivit la ficelle, et tout le reste s'effondra sur le cuir
vert du secrétaire! Des petits paquets bondissants,
et des feuillets épars qui voletaient... Justin, per-
plexe, regardait l'avalanche qu'il avait provoquée.
C'étaient des paquets de lettres, attachés avec des
cordons, rubans, élastiques... Certains, mal ficelés,
perdaient des lettres, les unes avec leurs enveloppes, d'autres toutes décortiquées, nues... Justin
prit un feuillet, au hasard, le déplia... Il n'y avait
que trois mots : *Je vous aime*... Bon. Que faire de
tout cela? Justin essaya de fourrer les papiers dans
le creux dont ils étaient tombés... Ah, mais pour les
y faire tenir à nouveau, il faudrait procéder avec
ordre. A moins d'y mettre du temps et de la patience, il n'y arriverait pas... Justin, agacé, n'insista pas. C'était encore plus simple de sortir tous ces
papiers et de les mettre ailleurs, au feu, par exemple. Justin alla prendre la corbeille à papiers près
du bureau, y balaya d'un coup tous les paquets
et feuillets, rapporta la corbeille près du bureau
et la posa dessus. Il fallait tout de même voir ce

qu'étaient toutes ces lettres, avant que Mme Vavin ne leur fît un sort.

Sans s'asseoir, Justin en prit une brassée dans la corbeille, l'éparpilla sur le bureau, sortit une lettre de son enveloppe, la déplia, en parcourut une autre et encore une... Des lettres d'amour. Toutes ? Peut-être pas... A qui ? Justin chercha le nom sur les enveloppes... *Mme Blanche Hauteville*... Il prenait un paquet après l'autre : c'était partout le même nom, fort probablement celui de la propriétaire de la maison, des livres, du lit, des opalines. Justin s'était assis. Blanche Hauteville... Il prit un des paquets, mais — est-ce de connaître le nom ? — le reposa. Il n'allait tout de même pas lire des lettres d'amour adressées à cette femme ! Elle les avait abandonnées... C'est vrai, mais dans un meuble fermé à clef. Les avait-elle oubliées ? Depuis un an et plus que la maison n'était pas habitée..., avait dit Mme Vavin. Et puis, zut ! A qui demander ce qu'il fallait en faire ? A la Société Immobilière ? Justin prenait et posait les petits paquets sur le bureau. Du papier jauni, d'autre tout frais... Il ramassa un feuillet qui était tombé seul, à terre. Une petite écriture anguleuse, enfantine... la page numérotée 3...

... parce que je ne peux rien pour toi. Que je ne peux rien pour moi. Si je ne te suis pas utile, à quoi est-ce que je sers ? Alors, je suis parti, ici, dans cette folie... Ce n'est pas la peine que je te mente. J'ai essayé la fatigue, la curiosité, le danger... rien n'y fait. J'ai essayé le sable et le ciel, les traversées de la brousse, les femmes noires, les flasques et les dures comme la noix de coco, j'ai tâté du boy et de l'administrateur des colonies, j'ai chassé et pêché, j'ai été l'homme blanc transbahuté à dos d'hommes noirs, avec des

fêtes et des rites de cauchemars et de visions, de mirages et d'hallucinations, j'ai été une bête traquée par une tribu de géants noirs et nus... et je n'ai vu que toi! Toi, or et argent, toi, danger et cruauté, toi, ma blanche, ma douce.

Bon... Justin fouilla un peu sur le bureau, parmi les lettres éparses pour voir s'il n'y en avait pas d'autres de la même petite écriture anguleuse... Non... Il tira à lui le fauteuil, s'assit et vida la corbeille à papiers sur le bureau : il verrait bien si cela valait la peine de les trier. Tiens! en voilà encore une de cette même écriture...

Ma petite fille, tout d'abord salut à tous ceux qui t'envoient des fleurs maintenant. La nature ne tolère pas le vide, et, moi parti... Me voilà parti. Tout est fini. C'est ainsi qu'on annonce à une mère qu'elle a mis au monde un enfant mort. Je me l'annonce à moi-même. J'avais longuement espéré, j'avais rêvé, et puis... voilà... c'est raté. Oui, j'ai essayé. Je t'ai aimée pour toi, j'ai voulu te sortir du marasme, de l'isolement, de ton incapacité de te mélanger aux autres, de ta vie comme derrière une vitre de la devanture dans laquelle chacun t'admire sans pouvoir te toucher... L'on voit remuer tes lèvres sans entendre ce que tu dis, et lorsque tu étends la main pour une caresse, la vitre s'interpose et c'est à devenir fou! Ma grande amie, ma petite sœur, tu n'as pas voulu être ma femme pour toujours... Me voilà parti. Puisque je ne suis rien pour toi. Je suis allé me mettre dans la gueule du loup. J'y suis plus à l'abri qu'à côté de toi, ma tendre petite fille, mon doux crocodile. Assis sur une caisse de dynamite, bien confortablement, je regarde. L'héroïsme pour une cause injuste,

la foi, la fièvre, et, bon Dieu! la chaleur, la sueur!
Je vais aller voir tout cela de plus près et encore de
plus près. C'est mon métier qui le veut, et je l'aime
autant que toi tu aimes le tien...

Encore une fois la suite manquait... Il allait voir
tout cela de plus près. Un joli métier qu'il faisait
là! Mais quoi, il avait connu un romancier des plus
considérables qui n'aimait rien autant que de faire
ouvrir aux femmes leur sac à main et d'en sortir
le contenu. Pour lui, c'était plus que le récit détaillé
d'une vie, car le récit le plus véridique est encore
menteur. Cette maison était comme un grand sac
à main... C'était un peu gênant de le fouiller sans
être assisté par la propriétaire, comme le faisait le
romancier avec les femmes reluctantes et rieuses...
Oui, mais là, le sac lui appartenait, à lui, Justin!
Pourquoi alors avoir l'impression que c'était un
objet trouvé et que cela ne se faisait pas de fouiller
là-dedans, au lieu de le rendre tout bonnement à sa
propriétaire. Justin mettait maintenant de l'ordre
dans le fouillis : les paquets ficelés d'un côté ;
les lettres éparses, les feuillets de l'autre. Il n'en
voyait plus avec l'écriture anguleuse sur un mince
papier de machine à écrire... Si, en voilà encore
une...

Ma blanche, ma blonde, ma claire, mon éclatante,
je crois que je vais y retourner, à la radio Monte-
Carlo. Je ne peux plus rester ici. Je suis un mauvais
journaliste, je sens venir des choses, et je n'ai qu'une
idée : me tirer des pieds. Pour une fois, je me sens
incapable de rester uniquement le magnétophone, je
suis sûr de sortir de mon rôle... Or, je ne tiens nulle-
ment à me faire chatouiller la plante des pieds par

les uns ou par les autres. Le sable, les voiles des femmes, la laine noire des cheveux, les smokings blancs, la lumière énorme du soleil, tout est au comble de sa charge en forces contraires... Je ne peux pas confier à la poste ce que je pense. Je te le dirai au retour. Je vais rentrer.

Je prends le bateau à la fin du mois. J'en ai pour trois semaines, parce que je fais quand même un petit détour, pendant que j'y suis. J'en profiterai pour mettre au propre mes notes. J'ai pas mal d'enregistrements et des bouts de films, et j'espère bien m'arranger avec Match. *En particulier quelques missionnaires vont les faire saliver, avec plein de lépreux, tout ce qu'il faut pour plaire. Bref, tout le monde travaille, sauf toi... Madame se promène dans l'espace, à la recherche d'un pôle d'attraction... Une honte!...*

Il n'écrivait que sur un côté du feuillet, n'importe comment, avec de grands espaces entre les lignes et entre les mots, et, malgré la petite écriture, cela ne faisait pas lourd sur une page... Pour un journaliste, une drôle d'écriture, on dirait celle d'un enfant. Justin se leva, alla à la fenêtre ouverte. La lune, une faucille toute neuve, pendait là-haut dans le noir à quelque clou céleste. Le charme des vieilles lettres... Les mêmes mots, sur les pages d'un livre, auraient aussitôt perdu leur secret mélancolique comme celui des noms sur les monuments mortuaires au-dessus de ce qui a été, au-dessus de la gaieté vivante des fleurs et la rouille des couronnes en fil de fer et perles, dans le silence adorable d'un cimetière de campagne. Justin regardait la nuit et se laissait envahir par elle avec complaisance, avec une sorte de douleur exquise. Un coup de vent, un frisson de la nature, ramena bruyam-

ment le volet au mur, et Justin ferma la fenêtre.
Il retourna s'asseoir devant le bureau. Ah oui, les
lettres... Il les avait oubliées.

Justin tira à lui un petit paquet attaché avec
un cordon blanc assez sale : il n'y avait là que cinq
ou six lettres... épaisses, sur un beau papier à fili-
grane, tapées à la machine, juste une seule écrite
à la main, calligraphiée... Toutes, sans enveloppe...
Datées... Et même ramassées dans l'ordre.

8 mars.

*Je suis descendu au rez-de-chaussée. Je vous ai
téléphoné.*
*Non, pas pour vous parler. Pour entendre votre
voix.*
Peut-être auriez-vous répondu :
« Allô. »
*Peut-être, impatientée par le silence, auriez-vous dit
quelques mots.*
Mais cela ne répondait pas chez vous.
Mon oreille sombra dans la fente noire du silence.
*Il est drôle de se tenir au pied d'une conversation
téléphonique qui n'a pas eu lieu et de se frotter l'oreille
qui s'est cognée contre le silence.*
*Deux chemins mènent à l'amour ; d'abord voir, ensuite
désirer.*
Voilà comment j'ai marché le long de ces chemins.
Je serai honnête dans mon récit.
Vous n'êtes pas, Blanche, une femme extraordinaire.
Et même on peut ne pas vous remarquer.
*Mais j'ai l'habitude de contrôler les machines d'après
le bruit qu'elles font.*
*Le son de votre voix laisse entendre la marche de votre
pensée, la cadence des battements de votre cœur. Com-
ment vous viennent et sont satisfaits vos désirs.*

D'après votre voix, on sait comment vous vivez. J'écoute et je sais qu'à l'usine, au triage, les ouvrières n'auront pas à éliminer un second choix. Les objets sont sans défauts. Mais ne parlons pas de ce que je vois et de ce que j'entends. Tout ce qu'on peut dire d'objectif et d'indifférent, je l'ai dit. Ensuite il faudrait passer aux louanges. Je ne veux pas vous louanger, louer donne des obligations. Maintenant, venons-en à mes désirs.

C'est difficile d'en parler. Mais vous m'avez autorisé de vous écrire et vous saviez que je vous parlerais d'amour.

La ville la plus grande, quand on en prend l'habitude, se rétrécit, devient petite et provinciale.

Chaque ville a son odeur. Et chaque chose par son odeur trahit la provenance de son provincialisme.

Le parfum de vos cheveux est le parfum de la seule ville qui jamais pour moi ne deviendra la province. On peut se pencher au-dessus de vos mains. On peut y entendre le bruissement d'une étoffe froissée ou d'une lettre que l'on n'a pas lue et qu'on a déchirée avec irritation. Je laisse là les métaphores, je vais dire les choses très simplement.

Je ne voudrais pas perdre le contrôle de moi-même.

Je ne veux pas rêver que vous m'aimerez.

Je n'ai pas encore songé que vous pourriez être à moi. Presque pas.

Maintenant j'ai seulement envie de vous embrasser. J'en souffre.

Je pose ma tête sur la table et j'ai envie de vous embrasser.

Vous me dites : « Il ne faut pas, cela va faire un tel malheur. »

Je frappe de la tête la table et je répète : « Cela va faire un tel malheur ! »

Et j'ai envie de vous embrasser.
Je savais bien qu'il ne fallait pas téléphoner. Je l'ai fait en me donnant des raisons, et que c'était par politesse, et qu'il était incorrect de disparaître ainsi et de ne pas même prendre de vos nouvelles. J'ai téléphoné.
Pas de réponse.
Je devenais de plus en plus audacieux. Et quand j'ai oublié toute prudence, le téléphone, soudain, a répondu...
Vous voyez, Blanche, que l'on peut rater même une lettre.
Je ne sais comment je me suis arrangé pour seulement répéter ce que je vous ai déjà dit : votre nom seul, Blanche.
Je voulais vous dire tout autre chose.
Je voulais vous dire que
je vous aime.

B.

La suivante, écrite à la même date, était la lettre calligraphiée à la main.

8 mars.

Blanche ! la nuit n'a pas été assez longue pour terminer la lettre promise. Il faisait froid. En rentrant, j'ai eu du mal à ouvrir la portière, tant j'avais froid aux mains.
Dieu, ce qu'il faisait froid. Je n'arrivais pas à me réchauffer, même près du radiateur bouillant.
Il est maintenant sept heures du matin. La journée, le travail reprennent. Aujourd'hui, il y aura beaucoup à faire, comme en mer par gros temps.
Mais j'écrirai quand même la lettre que je vous ai promise, je la terminerai coûte que coûte pour demain matin.

Blanche! Savez-vous ce qui m'est arrivé ? J'ai sauté
d'un avion... Lorsque j'ai perdu le sentiment de l'al-
titude, lorsque le plan gris de Paris s'est fondu avec
la campagne qui l'entoure, je suis sorti de la cabine;
j'ai ouvert la trappe et j'ai sauté. Vous, vous savez
comment cela se passe.
Je tombe, le souffle coupé. Mon cœur doit être arrêté.
Ça ne fait rien, de toute façon il était trop lent pour
rattraper la course. Blanche, ce n'est pas terrible de
tomber du haut d'un nuage. Bien moins terrible que
de tomber d'un toit. En tombant d'un toit, on peut se
tuer, tandis que d'un nuage... Il est trop haut pour
toute possibilité.
Une anomalie me surprend : cette chute devrait rendre
l'air brûlant. Et moi, j'ai froid. J'ai des frissons.
Comment est-ce donc, en réalité, sans métaphores ?
Tout ce que je souhaite, c'est de tomber Quai aux
Fleurs. Tout le reste m'est indifférent. Que les choses
aillent comme elles peuvent. Seulement cela : la tête
sur les pavés du Quai aux Fleurs. Je suppose que
c'est de la sentimentalité.
Bla-a-a-a-a-n-che!

B.

Quelque chose s'était passé entre les deux lettres
portant la même date... B. avait dû déposer le
matin sa lettre si proprement tapée à la machine.
Le soir, il avait vu Blanche, et quelque chose s'était
passé entre eux... Alors, il a dit qu'il écrirait... Les
grandes pages, là, devaient être cette lettre que B.
n'avait pas pu terminer dans sa nuit et promis
d'écrire la nuit suivante... Cela s'annonçait comme
une chose travaillée, littéraire, et même avec un certain soin dans la mise en page.

LETTRE A BLANCHE
authentique et sans métaphores

Quelle journée, Blanche, quelle journée!

Pendant la tempête de cette nuit, un de nos bateaux a subi de graves dommages. Pas de pertes humaines, mais, matériellement, le coup est dur.

Nous avons d'autre part réussi une opération qui rapporte à la France près d'un milliard de francs. Même votre ami Pierre Labourgade, l'observateur et informateur public imperturbable, en aurait peut-être quelque étonnement. Des journées comme celle-là sont rares, et quant aux pertes subies et quant au succès.

Je suis las. Il est onze heures du soir. Mais cette lettre doit être écrite cette nuit, je vous l'ai promise et elle me pèse.

Je m'assieds devant ma machine à écrire avec un sentiment qui ressemble à de la peur.

J'ai peur de la difficulté de ma tâche et de la médiocrité de mes moyens.

Je suis devant vous sans défense, privé de mes droits civiques et déjà presque un exilé, bien que j'aie à obtenir de vous un délai de vingt-quatre heures pour le verdict.

Vous avez bien voulu m'autoriser à vous écrire. J'en profite. Je mets mon espoir moins dans mes possibilités à moi, que dans l'exceptionnel de vos dons à vous.

Vous m'avez aujourd'hui, passez-moi le mot, engueulé de façon magistrale. Sans vous flatter, jamais encore, et personne, depuis ma plus tendre enfance, n'a su faire mieux.

29

Cette réprimande ne m'a pourtant ni blessé, ni fait de la peine, bien que je visse le téléphone rougir près de mon oreille blême.
Le sentiment de la justice a été chez moi plus fort que mon amour-propre. Vous avez été juste dans votre dureté. Je me suis conduit d'une façon inadmissible. Votre réprimande a été cruelle, intelligente, nette. Merci, Blanche, du fond du cœur. Ce qui m'a fait mal, c'est que vous m'ayez interdit de vous voir, sans attendre.
Vous avez prononcé votre verdict cinq minutes avant que n'ait été terminée l'instruction de l'affaire.
Voilà qui n'est plus une réprimande, mais une gifle. Auprès du téléphone gêné, je me sentais mourir de honte. Je suis pourtant obligé d'accepter votre verdict et cette blessure que vous m'avez faite. A cause de l'estime que je vous porte et de la reconnaissance la plus chaude que je vous dois, je ne proteste pas.
Même celui qui aurait vécu auprès de vous de longues années n'aurait su éprouver pour vous de reconnaissance plus profonde que celle que je ressens pour le seul fait de vous avoir connue...

Justin parcourut la suite... *B.* avait commis une erreur, une faute, Justin ne voyait pas très bien ce que cela pouvait bien être...

Quel but m'avez-vous donc soupçonné pour me parler d'erreur de conduite ? Sans me connaître, sans rien savoir de moi !
Vous ai-je jamais parlé de mes intentions ? Essayez de vous rappeler... Jamais.

Tiens, se dit Justin, *breach of promiss ?* Et cela lui fut désagréable que cette Blanche courût après le mariage avec *B.*, et que celui-ci essayât de se sortir d'une situation délicate...

... Et si jamais je vous en avais parlé, vous n'y auriez évidemment pas cru. Ceci, entre vous et moi, aurait été ridicule. Je suis suffisamment raffiné et cultivé et même, si vous voulez, pervers, pour me prêter à n'importe quelle extravagance, ni vous ni moi ne sommes limités par quelque loi primitive.

Vous dites que vous n'avez pour moi aucun senti-ment, d'aucune sorte. Non pas que vous ne me connais-siez, mais vous n'avez pas su assez rapidement choisir le sentiment que vous pourriez m'appliquer. Maintenant que de toute façon il est trop tard pour en parler, permettez-moi de vous souffler la solution que vous n'avez pas trouvée.

Dans le cas présent, comme dans tous les cas ana-logues, décidez-vous vite et sans hésitation à ne ressen-tir que de l'antipathie. Vous jouerez sur du velours. Je ne vous demande pas de me détester, je ne fais que vous le conseiller. C'est ce qui vous pèsera le moins — me détester.

Je n'ai pas besoin d'aspirine, Blanche, je ne tiens pas à me soigner, je ne suis pas malade. La température de 96-50 n'est pas celle d'une congestion cérébrale, on n'en meurt pas.

Elle ne m'a pas empêché de gagner pour la France un demi-milliard.

Elle ne m'empêchera pas de rattraper les pertes subies en mer.

La tentative de débarquer dans une île déserte avec Pierre Labourgade pour bouée ne serait qu'un exercice de style.

Et même si j'avais besoin de soins, de vous je n'aurai accepté aucun médicament, Blanche. Je n'en ai pas le droit. En m'offrant un contrat analogue à celui que vous avez passé avec Pierre Labourgade, vous me donniez plus que je ne pouvais compter recevoir, et, à la fin de notre conversation, cela prenait des allures d'amnistie. Pour la générosité de ce geste, je ne puis que vous remercier. Bien moins aurait suffi pour tomber amoureux de vous.

Pourtant, votre offre, je la refuse.

Ne m'en veuillez pas.

Vous pouvez ne plus me compter parmi vos relations — trop d'honneur pour moi et trop de difficultés pour vous.

Mais cela vaut peut-être la peine d'essayer de comprendre ma conduite. C'est un cas plutôt rare. Tout ce qu'elle avait de pas habituel provenait de ce que je ne voulais rien de vous, que je n'attendais rien et ne demandais rien. Mais j'ai été trop rapide. Comme un ressort qui, soudain, se détend. Je vous aime. Que ma montre ait été en avance ou en retard, qu'est-ce que cela change ? Ce que vous en pensez n'y change rien non plus. C'est mon affaire, et je ne demande à personne l'autorisation d'aimer, même pas à vous.

Pour vous parler de mon amour pour vous, il faut une autorisation, bien entendu. Mais je l'ai, je vous l'ai soutirée.

Il faut que vous sachiez que je n'espère rien de mon amour, et que je n'ai jamais songé que vous l'accepteriez.

Je pense avoir bien plus d'expérience en amour que vous, encore que je ne m'en sois jamais occupé spécialement.

Je suis un homme écrasé de travail, c'est une excuse, n'est-ce pas ? J'ai assez d'expérience pour savoir que mes chances auprès de vous sont nulles. Je ne pouvais pas gagner, vous gagner, c'était exclu. Et c'est pour-

quoi je n'ai pas joué. Jamais de ma vie peut-être n'ai-je été aussi honnête avec une femme que je le suis avec vous.

Je ne vous ai caché qu'une seule circonstance, un seul mouvement. Vous le confier serait pour moi très pénible et tout à fait inutile. Je vous serais reconnaissant, si vous vouliez me permettre d'emporter ce secret avec moi.

Bien que je sois aujourd'hui comme les graines que les meules ont déjà transformées en farine, je ne vous aime quand même pas moins qu'hier, et peut-être plus encore. Et, comme avant, je n'attends rien et ne cherche pas à obtenir de vous quoi que cela soit, même pas en songe.

Tout ce que je souhaite, c'est vous voir, et garder le droit de ne pas rougir de honte, lorsque devant moi on prononcera votre nom.

Blanche,
voulez-vous encore une fois me laver la tête ?

B.

Blanche, ma lumière, je ne peux plus vous écrire. Je crains de dire l'essentiel, ce qui ne doit pas être dit.

Le 15|III.

Blanche,
j'ai lu votre lettre.
J'ai mal, Dieu, que j'ai mal, Blanche !
Je la lirai tous les jours, comme un chrétien lit l'Évangile.
Quand j'aurai dépassé la cinquantaine et que je n'aurai plus honte ni d'aimer ni de souffrir, je la ferai publier en guise d'autobiographie.
Je me sens comme un objet qu'une main intelligente et experte a remis à sa place.

Je vous remercie pour le droit rendu de vous voir.

Après vous avoir vue, je me sens toujours plus fort et plus intelligent.

B.

Justin jeta la lettre sur la table et se leva. Tout cela ne pouvait intéresser que les intéressés. Il s'étira, bâilla, repoussa le fauteuil.

Le silence... Le silence de la nuit était une des choses les meilleures de cette maison, et, maintenant que Justin avait rattrapé son retard de sommeil, les scooters du matin ne le dérangeaient plus : il était déjà réveillé à six heures. Demain, il irait se promener, loin, ses jambes avaient peu à peu repris leur souplesse, il allait faire une expédition lointaine.

Il monta les marches, poussa la porte de la chambre, alluma : dans cette boîte à cigares, claire, précieuse, les opalines de la coiffeuse prirent feu, en rose, en vert. Justin eut à nouveau ce sentiment d'entrer chez quelqu'un, dans l'intimité d'une femme inconnue, et en ressentit une certaine irritation. Tout cela était à lui, il était chez lui. Elle n'avait qu'à ne pas laisser traîner ses lettres.

Justin sortit sur la terrasse se remplir les poumons de l'air nocturne plein d'une humidité printanière. Avec qui était-elle venue ici, la Blanche ? Avec l'homme d'État ? C'est ce qu'il devait être, l'amoureux qui pouvait sauver pour la France un demi-milliard de francs... Un polytechnicien, probablement, ils le sont tous. Et comme cela n'était pas son métier, il n'avait qu'une envie : faire de la littérature. Il en faisait avec son amour, pas mécontent de ses dons d'écrivain, songeant à part soi qu'il s'en tirait aussi bien que tous ces messieurs de la N. R. F... Son violon d'Ingres très secret. Cet homme qui devait avoir des huissiers à sa porte et se déplacer en voiture précédée de motocyclistes était néanmoins amoureux comme un collégien. Blanche l'aurait fait passer par le trou d'une aiguille! Cette Blanche qui était peut-être venue ici avec son journaliste, Pierre Labourgade. Justin Merlin se trouva aussitôt ridicule... *La* Blanche, *son* journaliste, on dirait qu'il y avait chez lui du dépit. L'intimité des autres a toujours quelque chose d'impossible. On entend à travers la cloison d'un hôtel : « A qui est ce petit cul-cul-là ? — A Joseph !... » et on rencontre ensuite dans le hall un monsieur d'un certain âge, rosette de la Légion d'honneur, avec son épouse respectable, et on croit rêver quand on entend cette dernière appeler : « Joseph! dépêche-toi, nous allons rater le train! »

Ces lettres d'amour que Blanche avait laissé traîner derrière elle, songeait Justin, n'avaient rien de scabreux, ce n'étaient pas des lettres sous le manteau, et les deux hommes qui les avaient écrites devaient y apparaître au mieux d'eux-mêmes, au plus haut de leurs sentiments. Avec toute la bêtise de l'ivresse.

Justin Merlin, lui-même, avait avec l'amour des rapports secrets. Dans le milieu du cinéma, on chuchotait sur lui des choses, mais dans ce milieu les choses ne tirent pas à conséquence.

Il en avait connu des femmes! Toutes prêtes à se prêter. Songez que les rêves de ces femmes ne dépendaient souvent que de lui. On le savait invulnérable, uniquement préoccupé du rendement de l'écran, et c'est bien pourquoi on lui cherchait des vices, des tares. Peut-être en avait-il. Ses yeux, bleus jusqu'aux bords, et l'auréole de ses cheveux — qu'avec les années il portait de plus en plus en arrière — le préservaient jusqu'à un certain point de suppositions trop grossières. Se l'imaginer en moine paillard, par exemple, aurait eu quelque chose de blasphématoire, et ses vices, si vices il y avait, devaient être plus extraordinaires... Non, ce côté de sa personnalité ne provoquait pas gravement la curiosité publique. Son génie créateur faisait écran.

Car il créait comme Dieu le Père lui-même, et cela imposait le respect. Ses œuvres où tout était interdépendant et nécessaire comme c'est dans le monde, et la beauté qui en naissait, qui naissait de ce qu'elles avaient de rationnel et d'on ne sait trop quel dérèglement, de quelle inconscience, donnaient à Justin Merlin des droits, semble-t-il...

Ce soir, Justin mit du temps à s'endormir. Le silence ici était particulier, et on pouvait entendre ce qui dans un silence ordinaire est recouvert comme d'une légère couche de rumeurs imperceptibles, d'une somme de bruits minimes, infimes. Ici, c'était un silence mis à nu. Justin croyait entendre la mouche cheminer sur le mur, l'électricité courir dans les fils, les ondes des parfums nocturnes se déplacer de la terrasse vers lui. C'était quelque chose comme les voix, la musique retenues au fond d'un poste de radio, allumé, mais le bouton fermé. Quelque chose qui ne demandait qu'à être libéré... Justin alluma la lampe de chevet plusieurs fois, juste le temps de voir les opalines prendre feu et la pendule montrer son heure. Il s'endormit avec la blancheur du jour, et le premier scooter le réveilla presque aussitôt : il était six heures et demie. Il se leva, reposé quand même, et, frottant avec un gant de crin son corps très blanc, un peu gras et sans poils, Justin chantonnait, sifflotait et se sentait très, très bien.

Sa voiture, une DS blanche, soupirait de tous ses amortisseurs à vous fendre l'âme, et prenait toute seule les virages, grimpait, descendait les côtes avec assurance. Justin voulait faire une vingtaine de kilomètres, abandonner la voiture et marcher... Il s'arrêterait dès qu'il trouverait un endroit séduisant.

La voiture roulait à travers la forêt encore transparente, claire et tendre. Les troncs centenaires, les branches verdissaient d'une nouvelle jeunesse... Justin ne se décidait toujours pas à descendre de voiture. Cinquante, soixante, soixante-dix kilomètres... Il ne s'arrêta que lorsqu'il n'y eut plus d'arbres autour de lui, devant une auberge. Une auberge du grand genre. Justin entra et se fit servir un café par le garçon encore en bras de chemise et en savates. La terrasse vitrée était transpercée par le soleil, une vraie serre... derrière les vitres, un grand jardin soigné, avec les troncs d'arbres passés à la chaux, blancs, des grands vases de Nevers, bleus et blancs, encore sans fleurs, au-dessus d'un bassin d'eau transparente. Il y avait, autour des tables rondes, des chaises fraîchement vernies, noires, du gazon que l'on aurait dit fraîchement repeint, lui aussi, en vert émeraude, des plates-bandes montrant une terre noire finement grumelée, et un massif de primevères en masse, comme un miracle vert, mauve, jaune et blanc. Très bien, il laisserait ici sa voiture, partirait à pied et reviendrait déjeuner après sa promenade. Quand cela se présentait, Justin Merlin aimait la bonne chère.

L'auberge se trouvait à un carrefour. La route par laquelle Justin était venu continuait à plat vers une agglomération. Une autre montait, perpendiculaire à celle-là, non, même deux autres, presque parallèles. Justin se décida pour l'une de ces deux dernières, alléché par une borne avec une flèche, qui portait l'inscription :

Camping du « Cheval Mort »

Voilà qui était engageant! Mais la route montait, et la flèche pointait vers le ciel : Justin la prit.

Une route neuve, le goudron luisant, noir, collait aux semelles. Elle s'en allait en grands virages et, déjà à partir du deuxième, sortait du fouillis des buissons qui la bordaient, si bien qu'on pouvait voir très loin. Le vent soulevait la pèlerine de loden de Justin et mettait du désordre dans son auréole. Il marchait avec un plaisir immense, ses jambes, ses cuisses faisaient ressorts, le portaient comme un moteur, sans fatigue dans la montée. Le paysage s'élargissait. D'autres routes goudronnées, neuves, venaient couper celle sur laquelle il marchait, un réseau noir jeté sur le flanc de la haute colline. La pente, en dehors des routes, était recouverte de grosses pierres, d'éclats de roc, avec de la bruyère qui n'a pas encore commencé à fleurir, des buissons piquants, de la mousse... Le ciel, de plus en plus grand, de plus en plus bleu, était ici et là encombré de grosses rondeurs blanches, des édredons gonflés qui perdaient leurs plumes, légères, voletantes. Le soleil devenait de plus en plus chaud, comme si en montant Justin s'en rapprochait réellement.

Il montait depuis bien une heure. Les écriteaux *Camping du Cheval Mort* apparaissaient à chaque rencontre avec une autre route, mais les flèches montraient la direction du *Camping* en même temps sur les deux, on pouvait donc prendre l'une ou l'autre, au choix, elles y menaient toutes! Le *Camping* devait être très grand, en vérité... A une certaine hauteur, des sapins nouvellement plantés avaient fait leur apparition parmi les éclats de roc, les pieds dans la bruyère; ils prenaient mal et avaient le pelage fatigué comme celui des bêtes d'un Zoo. Après un virage en épingle à cheveux, Justin remarqua, au beau milieu des pierres et des buissons piquants, quelque chose qui ressemblait à un camion bâché... Il s'arrêta pour regarder l'étrange petit édifice... On dirait un kiosque de publicité, un petit pavillon d'Exposition... Qu'est-ce que c'était? Un objet usuel agrandi démesurément, quelque chose comme un sabot ou un fer à repasser. En quoi était-ce fait? En papier mâché? En matière plastique? Neuves, les couleurs avaient peut-être été vives, mais maintenant cela faisait sale, passé. De petites fenêtres avec de petits rideaux... Quels êtres de dessins animés pouvaient bien habiter l'étrange et vilaine petite maison? Justin se promit de la regarder de plus près, au retour. Maintenant, il avait envie de monter là-haut, il était curieux de voir le *Camping* et peut-être bien un découvert encore plus large. Il se remit à marcher d'un bon pas. Bientôt un gigantesque écriteau sur deux poteaux annonça, noir sur blanc, avec des lettres d'enseigne :

Camping du « Cheval Mort »

C'était un très grand plateau semé de tentes qui se touchaient presque. La route sur laquelle marchait Justin continuait en longeant le bord du plateau de son côté abrupt. Justin, dos au *Camping*, regardait la vue qui s'ouvrait, admirable, les pentes rocailleuses s'entrecoupant sous des angles divers et descendant jusqu'aux larges taches claires des bois, au-delà desquels s'étendaient à plat, indéfiniment, des champs, le tout bordé à l'horizon par le léger picot des bois... Quel pays que la France! On fait trois pas et on tombe sur un paysage si différent qu'on se croirait dans un autre pays, et qui serait pourtant la France, et encore une fois la France. Le vent soufflait, s'engouffrait sous la pèlerine de Justin, soulevait des nuées de poussière, de sable. Justin, s'arc-boutant, traversa la route... Il marchait maintenant sur le terrain même du camping.

Personne... Le camping ne devait pas encore être ouvert pour la saison, ni même se préparer pour recevoir du monde de si tôt. Le sol sous les pieds, inégal, plein de trous et de bosses, avec les touffes d'une vieille herbe jaune, était balayé par la toile délavée des tentes, comme par l'ourlet de longues jupes de clochardes. Les rangées de lavabos en plein air avaient la peinture écaillée et de la rouille partout où cela se pouvait. Une grande piscine sans eau, le ciment du fond largement fissuré... Le vent faisait battre les portes des w.-c. jumelés, accolés par dizaine, un vrai ballet! Tout cela était immense et entièrement abandonné. Arrivé aux tentes marron, surplus de l'armée américaine, vastes dortoirs sinistres, Justin éprouva même comme un vague malaise. Il essaya de s'imaginer tout cela plein de monde, de jeux, de cris, de jeunesse, de peau dorée, et n'y parvint pas. Et puis le vent était fatigant à la longue. Justin marcha entre les rangs serrés des tentes vers une bâtisse qui devait en saison abriter l'administration du camp. Une assez grande maison à deux étages, un cube blanc sans intérêt et visiblement abandonné comme tout le reste. Les volets étaient ouverts pourtant et les vitres brillaient de l'éclat d'un œil de verre, immobile, écarquillé. Justin s'approcha et poussa à tout hasard la porte au-dessus de laquelle on pouvait lire BAR, persuadé qu'elle devait être fermée, cadenassée... mais la porte céda! C'était bien Justin le premier attrapé.

Arrêté sur le seuil, il regardait la désolation poussiéreuse, toute de matière plastique...

— Il y a quelqu'un? cria Justin, attendit un moment et cria encore :

— Personne?

Clairement, personne. Justin entra. On avait essayé d'arracher le tapis en Gerflex, laissant ici et là comme des morceaux d'une peau sale sur de la chair blessée, dégoûtante. Le comptoir du bar se trouvait dans la partie vitrée, les rayons du soleil y entraient à flots dorés et la poussière sur les vitres n'arrivait pas à les arrêter : ils allaient jouer dans les bouteilles vides derrière le comptoir, dans le tas de verrerie brisée, ils jouaient sur tout ce contreplaqué façon acajou, gondolé, fissuré, enfoncé... Un bouquet de roses artificielles se fanait dans cet air étouffant qui sentait l'alcool comme lorsqu'un homme entre deux vins se penche un peu trop sur vous. Justin ne demanda pas son reste, et s'en fut retrouver le vent.

Assis sur une caisse vide, dos à la maison, il resta un bon moment à regarder le paysage, se remplissant de cette merveille faite de ciel et de terre.

Quand il retrouva l'auberge, l'heure du déjeuner était presque passée. Il la retrouvait au vrai sens de ce mot, car plusieurs fois il s'était trompé de direction à cause de toutes ces routes neuves, pareilles, et finalement s'était mis à descendre le flanc de la colline opposé à celui par lequel il était monté, si bien, qu'arrivé en bas, il lui fallut contourner la colline à plat et chercher cette sacrée auberge dont il avait omis de demander le nom.

Aussi était-il bien content de s'asseoir devant une table bien mise, avec des hors-d'œuvre qui l'attendaient. Il avait faim et trouvait tout excellent. Même le maître d'hôtel semblait excellent, maintenant en veste blanche, tiré à quatre épingles et qui, avec son flair de maître d'hôtel, avait tout de suite senti que ce client à pèlerine de loden et vêtements flottants devait être « quelqu'un ». Et comme en semaine la salle à manger de l'auberge se trouvait pour ainsi dire déserte, il donna toute son attention à Justin, s'attrista lorsque celui-ci refusa légumes et entremets, et, au café, non seulement s'y prêta, mais chercha la conversation. Il avait une bonne tête de père de famille, et de grands pieds sûrement fatigués. Le *Camping* là-haut? C'est toute une histoire! La contrée par ici est très courue par les campeurs, il y a des campings à tous les pas, et à la sortie du pays, et tout le long de la rivière... Mais le manque d'eau empêchait les campeurs d'aller sur les hauteurs, où la vue est splendide et où il y a moins de moustiques... On se croirait véritablement en montagne! En été, toujours de l'air, de l'air sain... Et moins de vipères qu'au camping *Plein-Air*, par exemple, très pittoresque aussi à cause des rochers, mais il y a des vipères, ils ont beau dire qu'il n'y en a pas, il y en a. Aller sur les hauteurs, c'était le rêve de tout le monde, on en parlait, on en parlait, mais il y avait toujours cette question de l'eau... Il avait fallu qu'un homme d'une envergure peu commune vînt s'installer par ici... C'est toute une histoire, Monsieur, cet homme d'affaires... Et, premièrement, il inspirait confiance. Il n'était point venu dans le pays pour faire des affaires, c'est à force d'entendre les gens parler d'un camping idéal là-haut... Il avait acheté le château de la Vaise simplement parce qu'il voulait s'y installer, et il y a fait faire des travaux, il faut voir ça! C'était une vraie ruine, ce château, une vraie ruine... Tout le monde se disait, ce n'est pas possible, aucune fortune n'y suffirait! Eh bien, la vieille ruine était en passe de devenir un bijou! Ce que cela a dû lui coûter, au baron, ça, c'est autre chose... Des dizaines de millions, au moins. Il venait souvent chez nous, ici, déjeuner, dîner... il nous amenait du monde. Une allure! On dirait le Pape Pie XII... un nez aquilin, grand lui-même, mince, un peu voûté...

— Quel âge? demanda Justin Merlin qui tenait à se représenter le baron.

— Ça... Il y a six, sept ans, il semblait avoir à peine la cinquantaine. Maintenant, c'est un vieillard, alors...

— Il est toujours là?

— Mais oui, toujours...

— Je vous ai coupé!... Allez-y, si cela ne vous ennuie pas. Voulez-vous prendre un verre avec moi?...

— C'est-à-dire que cela serait avec plaisir... Mais je suis obligé de me tenir au Bar maintenant. L'heure du déjeuner est passée, et à cette époque de l'année, en semaine, le patron fait des économies de personnel.

— Eh bien, transportons-nous au Bar. ..

Le maître d'hôtel servit le café à Justin, au Bar, en s'excusant : le Bar n'était pas un endroit pour la clientèle du restaurant, c'était plutôt le tout-venant... Il installa Justin à une table de marbre, sur une banquette de molesquine, et resta lui-même derrière le comptoir. Justin, la pipe allumée, voulait la suite de son récit. Le Bar était vide, ils pouvaient continuer leur conversation à travers la pièce, sans se gêner.

— Voyons, dit Justin Merlin, vous disiez que ce monsieur... le baron, était toujours dans le pays...

— Oui..., mais en liberté provisoire, seulement!

— Tiens, tiens...

— Voyez-vous, Monsieur, j'ai idée que les gens qui font des affaires finissent par perdre la boule...

— Le maître d'hôtel apportait une bouteille d'armagnac qu'il servit dans deux grands verres ballons :

— Vous verrez, Monsieur, c'est notre réserve spéciale...

Il attendit que Justin eût goûté, guetta l'approbation, et s'en fut, avec son verre, derrière le comptoir :

— Pour en revenir à ce que je disais, ils perdent la boule, les hommes d'affaires. Ils ne savent pas

46

s'arrêter. Qu'avait-il besoin, M. de Vevel, baron et tout et tout, de se mêler des affaires, quand il avait de l'argent à ne savoir qu'en fiche... Le baron fonda une société anonyme, *La Société du Camping du Cheval Mort*.

— Il trouvait cela joli, le *Cheval Mort*?

— Ce n'était pas de sa faute, il ne pouvait rien y faire... C'est le nom de l'endroit, depuis toujours... On a essayé de le débaptiser, il n'y a rien eu à faire! Si je vous disais, Monsieur, que cette aubege, avec la clientèle que nous avons, on a eu beau faire une enseigne : « Aux trois chevaliers du Roi, » on l'appelle toujours dans le pays, le *Cheval Mort*...

Ils se mirent à rire tous les deux. Le maître d'hôtel avait un visage lourd et fatigué, une grosse peau pas jeune, avec les accidents des points noirs, des trous, des plis, les cicatrices d'anciens furoncles. Bref, racontait-il, le baron avait réuni des capitaux.. Il voyait grand. Le camping là-haut devait donner aux campeurs le maximum de confort. Déjà, ils n'auraient pas besoin de trimbaler avec eux leur tente et tout le bazar, ils trouveraient le matériel sur place. En somme, c'était un hôtel en toile, on pouvait même, si un jour on n'avait pas envie de s'occuper du manger, aller à la cantine, sans descendre au pays pour s'approvisionner, ni aller chercher un bistrot au diable vauvert, parce que, ici, c'était ou cette auberge, ou alors il fallait faire des kilomètres pour trouver quelque chose d'abordable et de mauvais par-dessus le marché. Il y avait là-haut une piscine, un parquet de dancing, un tennis, un golf miniature... On pouvait y louer absolument tout, jusqu'au poste de radio. Des capitaux énormes avaient été engagés pour la construction d'un réseau de routes... On comptait sur un défilé continuel de voitures... On avait évidemment amené l'eau, l'électricité, le téléphone...

Un homme entra, demanda une bière, n'en fit qu'une seule gorgée, jeta l'argent sur le zinc et sortit. On entendit aussitôt le démarrage.

— Et puis ? dit Justin Merlin.

— Et puis... — le maître d'hôtel-barman essuyait l'écume qu'avait laissée le passage de l'automobiliste, et enlevait le bock... — et puis, ils se sont mis à faire des bêtises. D'abord l'administrateur du camping... on ne sait où ils sont allés le chercher, c'était plutôt un capo de camps allemands que le gérant d'un endroit pour le plaisir de gens chics. Il tenait à mener son monde à coups de gueule. Il ne lui manquait que la trique... Eh bien, ça n'a pas marché. Il y a eu du scandale, du grabuge, et même des bagarres. Les gens redescendaient pas contents. On en a entendu ici, on en a entendu ! Du monde qui n'était pas habitué, à ces manières... des gens bien, qui pouvaient se permettre de déjeuner chez nous. Au début, ils avaient eu beaucoup de monde, c'était, paraît-il, la mode d'aller là-haut, même que ce n'était pas tout à fait prêt... On disait, ah, que c'est beau, que c'est beau, l'air, le panorama, le silence... On n'a pas besoin d'aller à la montagne ! Et puis, l'autre chien qui venait leur chercher des histoires parce qu'on avait laissé un robinet mal fermé, ou qu'on s'embrassait au clair de lune, ou qu'on riait dès le lever du soleil... Mais la grande affaire qui les a coulés est arrivée plus tard... Parce que cela allait quand même encore trop bien, et les propriétaires de tous les autres campings de la région ont pris peur, et c'est eux qui se sont mis ensemble pour couler le *Cheval Mort*. Parce que c'étaient eux, ou la société anonyme du baron.

Ils se sont arrangés pour que le *Cheval Mort* se voie refuser la licence pour la vente de l'alcool, et c'était tout de suite clair qu'il ne l'aurait jamais! Et un camping comme celui-là, sans alcool... Ce n'était pas difficile de prendre le gérant, ce chien, la main dans le sac, c'était obligé qu'il vende l'alcool sans licence. Ensuite, pour couvrir les amendes, il avait triplé le prix des tentes... Ça n'allait plus du tout, aujourd'hui c'était un prix, le lendemain un autre... Les gens se fâchaient. Le baron ne s'occupait pas de ces petites choses de la gestion, lui, c'étaient les idées, les capitaux... Il avait inondé le pays de démarcheurs pour intéresser à l'affaire des petites gens et ramasser de l'argent... Ils en racontaient, ils en racontaient! Qu'on allait ouvrir là-haut des boutiques, des kiosques avec tout ce dont les campeurs pouvaient avoir besoin... Du fil à coudre, des espadrilles et des chapeaux de paille..., des conserves et de l'alcool à brûler... Et il fallait se dépêcher, qu'ils disaient, avant que d'autres n'aient pris la place... Les petits commerçants allongeaient leurs sous et devenaient actionnaires d'une affaire déjà morte...

— Mais c'est un escroc, ce baron!

— Peut-être bien, Monsieur... D'où la liberté provisoire, sur laquelle j'ai attiré votre attention. La grande faillite. La ruine de centaines de petites gens. On a tout arrêté, la construction des routes, l'aménagement du camping. On a fermé le bar et la cantine...

— Et le baron se promène en liberté?

— Le voilà, Monsieur...

Un homme entrait... Grand, une canadienne crasseuse sur le dos voûté, un béret enfoncé sur la tête. Il jeta à Justin Merlin un regard d'aigle, l'œil petit sous une paupière tombante, bistre, fit au barman un bonjour de sa main gantée, et dit d'une voix de crécelle : « Salut, Antoine... » Justin vidait sa pipe... Antoine prit ce toc-toc pour une demande d'addition — « Voilà, Monsieur! » — et il disparut dans le restaurant. Le baron ne bougeait pas, comme pour mieux se laisser examiner. Un nez aquilin, pointu, de longues joues pas rasées, le teint de l'hépatique, à peu de chose près la couleur de ses vêtements, de la canadienne, de la culotte de cheval avachie... L'attitude nonchalante, le coude sur le bar, le torse renversé, le menton relevé, il avait une élégance tragi-comique, mais de l'élégance quand même. Antoine revenait avec l'addition :

Il tint à accompagner Justin Merlin jusqu'à la voiture :

— Quelle époque, Monsieur, — disait-il, ouvrant les portes devant lui, — de notre temps, on ne faisait pas de camping, est-ce qu'on se portait moins bien pour cela ? A mon avis, on était même bien plus équilibré, au contraire...

— Peut-être bien, Antoine..., — Justin s'installait dans sa DS blanche, — c'est pas joli ce qu'il a fait là, le baron... Ruiner des petites gens...

— Non, ce n'est pas bien beau... Mais, après tout, ils n'avaient qu'à ne pas courir après le gain facile. Est-ce que je lui ai confié mes économies, moi, l'avenir de mes enfants ? Mais de nos jours, il n'y a plus de moralité. Et puis, croyez-moi, Monsieur, il y avait une femme là-dessous... Elle lui a sapé son moral.

— Une femme! Mais vous me l'avez caché, Antoine! Vous me dites ça au moment de partir! Moi qui croyais avoir l'épilogue! Il me faudra revenir... — Justin avait les mains sur le volant : — Je reviendrai, j'ai très bien mangé, et j'ai passé un bon moment avec vous... Merci, Antoine.

Justin glissa à Antoine un deuxième gros pourboire et démarra.

Les jours rallongeaient. Après tout ce qu'il avait fait, la promenade au camping, le déjeuner, la longue conversation avec Antoine, Justin se trouvait sur la route encore en plein soleil. Il roulait, pensant avec satisfaction qu'il allait rentrer chez lui, dans sa maison. Il imagina la chambre, la bibliothèque, les lettres sur le bureau... Oui, soudain, il eut envie d'y jeter encore un coup d'œil, à ces lettres. Il fit du cent à l'heure de moyenne, ouvrit la grille avec le contentement du propriétaire, rentra la voiture au garage, passa par la cuisine, la salle à manger avec son carrelage rouge rayé à cette heure de jaune, à cause du soleil à travers les persiennes..., abandonna sa pèlerine de loden dans le petit hall, et entra dans la bibliothèque.

Ah, le plaisir de se retrouver dans cette grande pièce avec ses hautes fenêtres que le soleil avait déjà désertées (il était maintenant du côté de la salle à manger). Le fauteuil rouge l'attendait devant les livres, les rangées de livres, leurs ors éteints, leurs grenats et leurs marrons, ce luxe inimitable qui ne s'invente pas par un décorateur, qui s'édifie peu à peu avec chacun des volumes... Justin sentit quelque chose comme du respect pour la dame du lieu qui avait vécu ici. Était-ce la Blanche des lettres ? Oui, cela devait être elle, Blanche Hauteville. Justin jeta un coup d'œil sur les lettres éparses et alla dans la salle de bains, derrière la chambre, se laver les mains et changer de chaussures.

Cette salle de bains! Il n'y a qu'une femme pour mettre de la moquette dans une salle de bains et encastrer la baignoire dans de l'acajou. Les robinets de cuivre, en col de cygne, brillaient une deuxième fois dans la grande glace entourée de cuivre... Les appliques à trois bras avaient des abat-jour en forme d'iris, un peu teintés de mauve. Tout cela était si vieillot que Blanche ne devait y être pour rien, elle avait certainement trouvé cette salle de bains tout installée.

Justin retourna à la bibliothèque, s'attarda devant une fenêtre derrière laquelle, à travers l'ouverture dans le mur, on voyait onduler du vert. Il ne pensait à rien, l'esprit délicieusement vacant... alla allumer la lampe d'opaline blanche et se laissa aussitôt prendre dans le cercle magique de sa clarté.

Il fouilla des yeux les feuillets épars sur le bureau... Tiens! en voilà encore un avec la petite écriture enfantine du journaliste, Pierre Labourgade, qui voguait quelque part, loin, sur les mers... Il le pêcha :

... Écoute, Blanche, ce n'est pas vrai que tu as misé toute ta vie sur ton métier. Tu me l'as dit et répété tant de fois que tu t'es faite pilote par hasard, par dépit, par insoumission, et non par vocation...

Blanche Hauteville, la dame du logis, était pilote! Justin, d'une secousse, approcha le fauteuil du bureau, tant cette découverte le surprenait!

... Qu'on ne veuille plus te confier un avion, tu te le répètes pour te faire mal, car il suffisait de te dire :

on ne veut plus confier mon cœur à un avion. C'est pour toi que l'on craint et non pour l'avion. Je ne connais rien à l'aviation, rien que ce que tu m'en as dit quand tu me parlais encore…, mais ce n'est pas vrai qu'on t'a mise au rebut, que tu n'es qu'un vieux machin, comme tu me l'écris, méchante. Ah, la virtuosité avec laquelle tu inventes ce qui peut te blesser le plus profondément! Ce n'est pas vrai que tu restes les mains vides. Toi, tu peux changer de métier comme tu changes d'hommes. Aussi légèrement, aussi gravement, chaque fois au comble de l'amour, chaque fois inaccessible comme un nid d'aigle. Ah, les imbéciles, qui ont jamais pu croire que tu les aimais!

Blanche chérie, tu ne t'entends pas parler, tu ne te lis pas. Oui, je sais, tu vas me répéter encore une fois que tu es comme tous ceux qui sont habitués à un moyen de transport autre que leurs jambes, que tu n'aimes pas marcher, courir, te dépêcher, essayer d'arriver avant les autres, ouvrir les yeux, les oreilles… Bon, n'en parlons plus, je ne ferai pas de toi une journaliste. Mais pourquoi pas romancière? Pourquoi? Je t'imagine dans ton fauteuil rouge, toute ta blondeur renversée sur ce rouge, les yeux fermés… Après, tu n'aurais qu'à mettre cela sur le papier. Cela ne te coûterait rien, cela t'est naturel. Je reviendrai à la charge. Il faut que tu te retrouves, que tu cesses de te faire traîner dans la vie à la merci du moindre coup de vent. Cela a assez duré. Laisse-moi t'écrire, garde mon amour, il peut te faire du bien, ne le détruis pas, garde-le, garde-le, je t'en supplie…

La suite manquait, encore une fois, c'était agaçant. Justin ajouta ces deux feuillets aux autres écrits de Pierre Labourgade. Ce qu'il y a de malheur de par le monde… Cette Blanche, cette croqueue d'hommes, n'était qu'une pauvre femme malade, et Pierre Labourgade un brave garçon qui ne savait qu'inventer pour lui venir en aide. Non, il ne voyait pas d'autres lettres de l'écriture de Pierre... Justin tournait entre ses doigts les petits paquets ficelés : lequel ouvrir ? Il essayait de lire entre les feuilles serrées, déchiffra sur une page le mot « astronautique », et se décida pour ce paquet-là, entouré d'une ficelle dorée comme on en met aux boîtes de chocolats. Les doigts potelés de Justin défaisaient avec adresse et patience le nœud serré..., non, il n'allait pas couper la ficelle, tous ces paquets devaient garder leur emballage d'origine! Voilà, ça vient...

L'écriture était très droite, fine, les majuscules démesurément grandes. Une encre bleue, fraîche, claire...

Chère Madame,

Pourquoi vous entêtez-vous ? Ni vous, ni moi ne serons du premier voyage. Sans parler de moi, vous êtes trop vieille. Ce mot vieillesse accolé à votre éclat est risible, mais par rapport au premier navigateur interastral qui n'est peut-être pas né... Vous êtes encore plus impatiente que moi d'aller dans votre Luna-Park, comme vous dites. C'est que moi j'en ai déjà un pour moi tout seul, avec des attractions, des amusements, des tirs, et des carrousels que connaissent seulement les grands amoureux. Car je me donne ce titre, je me couronne moi-même pour être digne de ma reine que je prétends aimer plus que tout autre de ses sujets. Un Luna-Park où je tourne tout seul, à moitié fou, plus fou que ce roi Louis II de Bavière que vous aimez et qui ne faisait qu'écouter du Wagner, tout seul, dans un théâtre vide... Mais imaginez, Madame, les carrousels et les tirs et les montagnes russes, tout cela tourne, marche, illuminé, brillant, sentant l'acétylène, et personne, personne d'autre que moi là-dedans. Moi, un fou désespéré qui s'amuse tout seul dans son Luna-Park.

     A vous, Madame...

          Charles Drot-Pendère.

Drot-Pendère! Le grand physicien... c'était fou, en effet! Justin posa la lettre et prit la suivante :

Chère amie, décidément je ne vous comprends pas, vous qui êtes pourtant la clarté même, comment pouvez-vous introduire dans cette aventure grandiose le facteur honnêteté ? Et exiger des hommes qui vont se sacrifier, non seulement des qualités physiques, mais encore des qualités morales ? Avant tout, c'est stupide. Les preuves de l'alunissage et d'un séjour dans la lune, les échantillons minéralogiques et autres, rapportés de là-bas, où les prendraient-ils sinon dans la lune ? Ils ne vont quand même pas les emporter de notre planète, dans leur poche, décidés à frauder dès leur départ ? Stupide, stupide, chère Madame... C'est tout ce que j'ai à vous dire à ce jour.

          Charles Drot-Pendère.

Carlos, encore et toujours Carlos, chère amie, comment n'en avez-vous pas assez ? C'est un jeune savant pas comme un autre, dites-vous... Oui, oui, je reconnais qu'il est un jeune espoir de l'astrophysique, oui, incontestablement. Alors, qu'a-t-il besoin d'être beau, je vous le demande un peu ? Il l'est pourtant, scandaleusement, et notre Congrès tout entier est prêt à frapper une médaille à son effigie, comme si les astres dont s'occupe le jeune Carlos lui conféraient

55

cette sorte de beauté étoilée qui vit dans la poésie et dont on n'a que faire lors d'un Congrès International d'Astronautique, avec le concours de la « British Interplanetary Society » et la « Gesellschaft für Weltraumforschung »! Quand vous êtes à votre poste de commande, chère amie, avec entre vos mains le manche à balai, je suppose que la poésie du ciel vous importe moins que la météo. Je le suppose, car moi-même je ne suis qu'un pauvre terrien, un scientifique, un farfelu d'astronaute, et qui ne pourra même pas appuyer sa foi en risquant sa vie propre et non celle des autres... Trop vieux. Trop vieux pour tant et tant de choses.

Non, je vous assure, hier, vous n'aviez d'yeux que pour Carlos... Bon, bon, je me tais. Mais je voudrais bien savoir ce qui vous fait assister avec une pareille assiduité à ce Congrès, puisque vous prétendez ne rien y comprendre, et que vous vous dites un simple chauffeur aérien, un peu casse-cou ? Hier, pendant les interventions remarquables d'Alexandre Ananof et de Ducrocq, vous avez simplement tourné la tête à gauche, du côté de Carlos. La tâche des médecins de l'air, inséparable de celle des ingénieurs, qui a été exposée par le Dr Garsaux, vous a laissée parfaitement indifférente... Pardon, mon amie, pardon! A demain.

Je baise vos mains,
Charles D.-P.

Justin se renversa dans le fauteuil. Il n'avait plus le sentiment de culpabilité à fouiller une intimité qui ne lui était pas destinée. C'est qu'il en avait maintenant le respect. C'est une chose que de coucher avec la femme de votre meilleur ami en aimant cette femme par-dessus tout, ou de coucher avec elle juste parce qu'elle s'est trouvée là, humiliant ce que votre meilleur ami a de plus cher... Question de respect. Pauvre Blanche qui ne voulait plus rien faire dans la vie, parce qu'elle ne pouvait plus voler, qui allait écouter les astronautes pour rêver de leur réalité fantastique, d'un Luna-Park lunaire. Pauvre Blanche qui voulait aller dans la lune. Blanche, la femme aux opalines vertes et roses, qui lisait *Trilby* et des contes fantastiques, assise là-bas, dans le fauteuil de velours rouge, toute sa blondeur, tout ce blond-argent renversé sur le rouge...

Les lettres du savant au nom glorieux fascinaient Justin, mais il avait quand même soudain irrésistiblement sommeil. Après tout, il faisait déjà assez nuit pour se coucher tout de suite et dormir. Il avait si peu dormi la nuit dernière, s'était levé tôt, avait beaucoup marché, beaucoup mangé... Il se coucherait sans dîner, lirait peut-être encore un peu au lit, *Trilby* par exemple, qu'il n'avait toujours pas lu en entier, distrait par d'autres livres, par les promenades...

Le silence. Le silence, ici, paraissait maintenant souvent à Justin comme une impossibilité de parler ou une volonté de se taire. Lentement, il tournait les pages, se laissant bercer comme dans un train par le balancement du récit. Le sommeil allait le prendre... pourtant lorsqu'il éteignit, il resta encore longtemps dans le noir, les yeux ouverts. Quelle étrange chose que de pénétrer brusquement dans l'intimité des êtres... Charles Drot-Pendère, ce n'était qu'un nom glorieux dans le monde entier, et voilà les lettres qu'il écrivait... Jaloux d'un jeune homme! Quel âge pouvait-il avoir, Drot-Pendère? Pas si vieux que tout ça, et il avait un beau visage ravagé... Quelque chose empêchait Justin de dormir.. quelque chose qui s'insinuait en lui avec le goût des opalines, le parfum des armoires, des placards et des tiroirs. Blanche, Trilby... Soudain, une secousse traversa son corps, il embrassa d'un seul coup d'œil le camping désert... un Luna-Park, abandonné, éteint, figé, un cimetière... et il s'endormit.

Le lendemain matin, il alla tout droit à son bureau pour retrouver les lettres... Mais on aurait dit que quelqu'un s'était amusé à y mettre encore plus de désordre : Justin était sûr de ne pas avoir, la veille, lu toutes les lettres de Drot-Pendère, or il n'en retrouvait que les mêmes et aucune autre. Et plus il remuait ces lettres, plus le désordre devenait inextricable. C'était horripilant! Justin les ramassa toutes comme on le fait avec les cartes après une patience, et les balança encore une fois dans la corbeille qu'il laissa sur le bureau. De toute façon, il faisait bien trop beau pour s'enfermer.

Bien trop beau. Maintenant le soleil allait tous les jours tirer Justin de son lit tôt le matin, et le faire partir à la découverte. A pied ou en voiture, Justin faisait des kilomètres, le teint de plus en plus frais, rose, le bleu des yeux plus intense et plus brillant. Le soir, il tombait de fatigue, allait se coucher à peine rentré et dormait si profondément que rien n'aurait pu l'atteindre au fond de ce puits.

Il avait fallu un après-midi de pluie pour que Justin s'assît à nouveau avec plaisir devant le bureau noir. Il secoua la corbeille à papiers avec les lettres à Blanche, toujours sur le bureau, y plongea la main comme pour tirer un billet de tombola, et du premier coup en sortit une lettre de Drot-Pendère! Toute fraîche, comme si elle venait d'être postée, les majuscules s'élevant majestueusement au-dessus du reste, des tourelles au-dessus du mur des lignes :

Chère amie,

c'est vous qui avez gagné, comme toujours! Cela semblait n'être qu'un rêve incohérent, et voilà déjà comme un début de réalisation. Je vous disais bien que votre maladie de cœur n'était pas ici un obstacle.

Quand j'ai écrit à Moscou pour soutenir votre

*candidature, je n'ai jamais songé qu'on l'accepterait,
mais pour des raisons très différentes, et je ne l'avais
fait que pour ne pas vous refuser quelque chose à
quoi vous teniez. Cela ne m'étonnait guère que vous
ne receviez aucune réponse. Et lorsque hier, au Club,
le colonel russe dont le nom m'échappe, a traversé la
pièce pour vous saluer et vous baiser la main, je n'ai
pas tout de suite compris de quoi il s'agissait... Cette
réponse de vive voix, avant qu'on ne l'ait traduite, je
ne m'y attendais pas, je l'avoue ! Donc, votre propo-
sition de prendre place dans une fusée pour le voyage
interplanétaire est acceptée ! J'ai aimé comment le
colonel soviétique vous a regardée, jaugée, comment
il a dit : « Nous sommes d'accord, je crois en votre
courage et votre volonté. »*

*Le voyage n'est pas pour demain, et vous ne serez
pas du premier, mais cela ne fait rien. Même si vous
ne deviez jamais atteindre la lune, ou une autre planète, cette réponse est une première réalité. Quelque
chose avec quoi on peut vivre comme avec le plus raisonnable des rêves, une promesse avec l'intention de
la tenir dans les temps à venir. Une question de temps
et de rien d'autre. Puisque nous y croyons.*

*Ensuite, je vous ai vue partir avec Carlos. Moi qui
avais espéré partager votre joie ce soir-là.*

*Je sais que je n'ai rien à vous proposer, à vous
donner. Je suis marié, j'ai des enfants que j'adore. A
quoi pourrais-je prétendre ? Je pense que nous irons
dans la lune avec nos vieux sentiments humains, que
nous ne pourrons pas les laisser au vestiaire lunaire.
Ils font partie de nous-mêmes comme notre tête, nos
membres, et nous allons infecter la lune de nos joies et
de nos pleurs terrestres. Nos passions resteront-elles
les mêmes ? Passionnément désirer savoir ce qui est
derrière la porte fermée, interdite... l'ouvrir, avancer*

sans peur, et se retourner quand il ne faut pas le faire... Devinettes, labyrinthes, charades, problèmes, problèmes! au petit pied et à l'échelle cosmique, curiosité et passion de la découverte, vice et vertu, et, toujours, le bonheur de la solution trouvée! De la simple démangeaison d'une curiosité, au besoin de savoir, tous les dérivés du même instinct, voilà qui fait que l'humanité procrée, que naissent les enfants et les découvertes. Ceux qui ne possèdent pas cette passion, sont des impuissants, et l'ennui est leur sort. Nous, les normaux, nous nous demandons avec un frisson scientifique délicieux : qu'y a-t-il, qu'y aura-t-il de changé?... La puissance de l'homme est de plus en plus dans sa capacité de se dominer, dans les obligations qu'il s'impose, dans la force du caractère. Mais l'amour? mais l'Amour? Depuis le temps qu'on ne se bat plus pour une femelle... Lorsque nous irons dans la lune aussi facilement qu'au Bois de Chaville ou ce qui en reste, qu'y aura-t-il de changé dans la grande affaire de l'Amour? Est-ce que nos vieux mots d'amour, par exemple, ont, auront perdu leur force incantatoire? Ces mots anciens à peine décalés comme une image mal prise... Ah, l'impalpable force de l'art, elle me fait invinciblement penser à toutes les énergies imperceptibles encore qui peuvent émaner d'un être vivant. L'amour qui soumet un être à un autre... voilà des forces, magiques jusqu'ici, et que les psychologues qui suivent l'itinéraire de ces forces n'ont jamais cherché à capter. Ce ne sont encore que des astrologues, des sorciers, des grands-prêtres, des devins.

Mais pour en revenir aux vieux mots d'amour... Je crois que l'art est le meilleur et peut-être le seul gardien de l'histoire et que, même si les moyens d'échange entre les êtres humains vont passer du langage

à quelque dégagement d'ondes, à un battement d'ailes,
à des signaux lumineux qui exprimeront avec plus
de vérité directe nos sentiments et nos pensées que ne
le font les mots, qui les travestissent et les masquent...,
je crois que la parure des mots restera le fard néces-
saire, l'expression de la vérité plus vraie que la vérité
elle-même. Enfin, c'est la querelle si justement faite
au naturalisme qui a besoin d'être « traité » pour
devenir de l'art... Le langage humain va peut-être
s'adjoindre pour exprimer nos sentiments et nos pensées
des éléments autres que les mots, mais ce ne seront jamais
jamais que de nouveaux instruments que s'adjoint un
orchestre, l'élargissement de la gamme que notre
oreille — ou tout autre sens adjoint — nous permettra
de percevoir comme à travers une loupe, le cheveu
coupé en quatre, en seize... etc. Je plaide la survi-
vance des mots d'amour, Blanche, avec leur force
éternelle, dans toute la faible compréhension hu-
maine de ce mot. Je voudrais que vous les emportiez
avec vous dans la lune, comme des plantes exotiques
qui ensuite embelliront la vie sur cette nouvelle pla-
nète humanisée. Être celui qui vous les y aura dits le
premier... Mais j'oublie que de toute façon je ne serai
pas du voyage. Je vous entends chantonner comme
vous le faites souvent pour me taquiner :

Il attendait son carrosse,
Il attendait ses chevaux...

La fusée de Madame est avancée! Peut-être la
prendrez-vous avec Carlos ?
Mais, il est possible que l'être humain se trans-
forme. Vous croyez si peu au mal, mon amie, que cela
ne vous semble peut-être pas nécessaire ? D'ailleurs,
il ne s'agit ni du mal ni du bien, mais d'une tout

autre nécessité. De l'aiguisement de tous nos sens, de notre cerveau qui aura augmenté ses possibilités à partir des plus grandes : mémoire, synthèse, analyse, imagination... Or, il faut en particulier beaucoup d'imagination pour s'occuper de la science avec succès, les manches de lustrine n'arrivent à rien dans ce domaine, et tous les grands savants ont été des rêveurs, des imaginatifs, des poètes. Pour flairer l'avenir, le pressentir et ensuite s'en saisir, il faut être tout cela. C'est tout cela qui donne à un savant l'illumination de l'hypothèse scientifique, qui en fait un prophète.

Vous, Madame, vous n'avez pas d'étonnement devant ce qui arrive à l'humanité. Vous irez dans la lune, comme vous avez fait des essais d'avions : avec passion, curiosité et confiance dans le génie humain. Vous m'avez dit l'autre jour : « Puisque tout cela a déjà été ! Les ailes des anges, ce sont des souvenirs... Cela nous revient peu à peu. » Peut-être. Vous le prenez avec calme. Vous oubliez que ce que nous faisons n'est pas une expérience dans un laboratoire stérilisé, et que, lâchée dans le ciel, la fusée n'est pas le ravissant objet pour arbre de Noël qui fait briller les yeux des enfants. Il m'arrive d'être troublé dans mon travail par ces considérations. Mais la passion de la découverte nous emporte tous, n'est-ce pas, et tant pis pour le reste. Pour l'horreur.

Croyez, chère amie, à mon dévouement illimité.

Le gérant de votre Luna-Park,

Charles D.-P.

Ce n'était pas une lettre de fou, non, aujourd'hui on pouvait parler d'un voyage dans la lune, sans être traité de fou. Le grand savant était certainement tout à fait raisonnable, peut-être levé avant l'heure, avant les autres, et c'est tout. La magnifique histoire... Justin se mit à arpenter la pièce, très agité. La magnifique histoire... Le rideau sur l'infini allait se lever Soudain, il sentit cruellement la disproportion entre l'immensité de ces problèmes et sa vie, son travail à lui. Qu'était-il avec ses films, ses promenades, sa fatigue et son repos ? Il n'était pas dans le coup... C'est à peine s'il existait. Justin regardait sa main qui tenait la lettre, comme un objet étranger... Blanche lui avait abandonné sa maison parce qu'elle avait d'autres chats à fouetter.

Justin posa la lettre sur le bureau... Il se mit à passer en revue les livres sur les rayons, pour penser à autre chose, se calmer. Retourna encore à cette même *Trilby*, sans astronomie, ni obscénité... Il pleuvait moins, peut-être pourrait-il sortir, faire un tour ? Mais le temps ne s'arrangea que tard dans la journée, et il put à loisir broyer du noir, douter de tout et de lui-même.

Enfin, chaussé de bottes de caoutchouc, sa pèlerine de loden sur les épaules, Justin sortit. Le soleil, avant de rouler derrière la grosse ferme, comme une pièce d'or derrière une armoire, se montra tout rond et tout rouge dans un ciel de plomb. Il y avait de l'eau partout, brisant les rayons solaires dans ses miroirs plats, irisant ses gouttes et gouttelettes rondes. Les cheminées fumaient, sans quoi on aurait pu croire le village déserté, mort : c'était l'heure de la soupe. Justin marchait vite sur la route goudronnée... Après le village, après le château aux volets fermés, là-haut, au fond du parc, il tourna dans un chemin pas trop détrempé. Il était comme les chevaux, il préférait sous ses pieds de la terre douce. Un grincement compliqué et un Ho-o-o! annonçaient un chariot qui apparut au tournant, au pas lent d'un charolais, plus gros encore de se trouver nez à nez avec son museau fumant. Des deux côtés d'un haut chargement de paille marchaient une vieille et une jeune femme... Elles portaient toutes les deux des chandails et de grands tabliers couleur camouflage.

— Bonsoir, Mesdames... dit Justin.

— Bonsoir...

Les femmes ne tournèrent même pas la tête, le regard droit devant elles. Les coups sourds des sabots sur la terre molle tombaient quand on n'y croyait plus, au ralenti, et s'éloignaient avec la criaillerie des roues... Justin entrait dans le silence.

Il rêvait tranquillement, d'abord à Trilby, ensuite à Blanche. Blanche Hauteville. Il essaya de se l'imaginer, cette Blanche... Une femme or et argent. Une sportive. En combinaison de pilote, le casque cachant et l'or et l'argent, comme une coiffe de religieuse qui ne laisse apparaître que le visage rose, les sourcils nets... Il pensait que cela lui aurait plu d'emmener une femme sortie de cet attirail, en robe de soirée, décolletée, marchant sur de hauts talons minces... des bijoux, l'or blanc des cheveux... L'emmener à un gala, chez Maxim's.. . Elle, qui risque sa vie, comme un homme... Une vraie femme. Avec son cœur brisé. Il essayait de se l'imaginer ainsi, mais la revoyait toujours dans le fauteuil rouge, et elle restait obstinément de profil, un profil perdu, il ne voyait que la courbe douce de la joue... Elle ne voulait pas tourner la tête, le regarder. Il faudrait se renseigner sur le beau Carlos, l'astrophysicien. Une sorte de Robin des Bois, peut-être, gai et agile et pas sérieux... Justin lui mit sur la tête le chapeau pointu de l'astrologue, mais l'enleva aussitôt pour l'habiller d'une armure de scaphandrier aérien, son jeune visage derrière la vitre, dans l'aquarium du casque, Carlos, plus malhabile qu'une tortue, lent et menaçant... Un jour, on visitera nos immeubles modernes devenus des monuments historiques, où seront exposées ces armures de scaphandrier avec leur masque à tuyau qui allait chercher l'oxygène, et on se demandera comment on a pu se mettre cela sur le dos! Justin ne voyait guère que Carlos pour enlever à Blanche son cœur malade, Blanche... Un nom décoloré, un nom négatif, couleur d'infirmière, de vapeur dense, de draps... De cimes. De conte de fée. Un nom sans tache. Un nom vieillot comme les abat-jour en forme d'iris dans la salle de bains de Blanche, un nom comme on en rencontrait dans *Trilby*. Est-ce le nom qui suit le destin de celui qui le porte ou est-ce le destin qui s'arrange pour suivre un nom? Lindbergh... comment déjà était son prénom?... Impossible de se rappeler. Tant pis. Icare. Monsieur Icare... Blanche avait donc en elle assez de folie pour imiter celle d'Icare? De nos jours, Icare était femme et c'était très bien ainsi. Justin se rappela un petit chauffeur qu'il avait eu pendant la guerre, et qui disait des femmes : « Moi, je les aime mystérieuses... » Le mystère de Blanche. Quand tout est laissé à notre imagination... Il essaya de se représenter une grande femme hommasse, mais trouva une résistance telle à cette image, qu'il lui fallut retourner à la blondeur sur fond rouge. Et toujours rien que la courbe d'une joue, rien qu'un profil perdu...

Paresseusement, Justin laissait courir son imagination tout en marchant à grands pas dans le crépuscule qui le gagnait de vitesse. Une rosée nocturne se déposait sur son front, toute cette humidité aplatissait l'auréole de ses cheveux, lui collait au corps. Il poussa le portillon dans le mur entourant sa maison, presque à tâtons : la nuit était là, sous ce brouillard blanc, épais, propre, qui enveloppait la maison comme un objet fragile.

Justin enleva sa pèlerine humide dans le petit hall. A la cuisine l'attendait une soupe que Mme Vavin lui avait apportée de chez elle, et il allait manger un œuf du jour, tout frais, boire un verre de vin rouge... Il ne pensait plus aux voyages interplanétaires, et se sentait content, but un deuxième et un troisième verre de rouge, parce qu'il ne faisait pas chaud dans la cuisine, la cuisinière jamais allumée — le réchaud à butane suffisait bien pour griller un bifteck ou bouillir de l'eau pour une tasse de café... Il faudrait que Mme Vavin allumât de temps en temps la cuisinière, la chaleur chasserait l'humidité qu'avaient dû emmagasiner les murs.

La bibliothèque elle-même était ce soir un peu fraîche et Justin brancha le gros radiateur électrique qui se mit aussitôt à chauffer déraisonnablement et à sentir la poussière cuite. Il continuait à profiter des arrangements de Blanche, elle avait l'expérience de la fraîcheur des soirées, propre à ce pays. La chaleur poussa ses ondes dans tous les coins, s'installa, confortable et douce. Justin, dans le fauteuil de velours rouge, lisait... Il allait se coucher tôt, demain, s'il faisait beau, il retournerait à l'auberge du *Cheval Mort* — voilà qu'il disait comme tout le monde, l'auberge du *Cheval Mort*! —, il y avait très bien mangé le jour de sa montée au *Camping*. Il allait se coucher et, peut-être, en rêve, Blanche se retournerait-elle, le regarderait-elle en face ?

Elle ne se retourna pas. Justin se réveilla, sans en avoir rêvé du tout! Il avait rêvé qu'il passait des examens, un rêve détestable qui revenait souvent. Il revivait les angoisses de son adolescence quand il allait subir des épreuves, sûr d'avoir tout oublié de ce qu'il savait, sans compter ce qu'il ne savait pas, toujours préparé qu'à moitié, paresseux et passionné par mille choses autres que ce qu'on vous apprend au lycée. Blanche n'avait rien à faire dans un rêve comme celui-là, et pourtant, au réveil, cette angoisse qu'il sentait dans le corps comme un somnifère mal dissipé, s'associait pour lui non pas avec les examens, mais avec Blanche qui ne voulait pas tourner la tête de son côté.

A la cuisine, pendant qu'il prenait son petit déjeuner, il grelottait... Le soleil, ce matin, était timide, et il avait plu toute la nuit. Dans l'herbe trempée du jardin il y avait de petites tulipes, des pensées, du myosotis... Les grappes de lilas, lourdes d'eau, baissaient la tête... Justin, soudain, se sentit une fringale de jardinage — ce jardin était dans un désordre! Il devait y avoir des outils dans la petite resserre, derrière le garage...

Bien sûr qu'il y en avait, Blanche n'était pas femme à ne pas s'occuper de son jardin. Dans la resserre au sol de terre battue, les murs étaient hérissés d'outils, râteaux, scies, bêches, fourches-bêches, faucilles... Justin se mit à fouiller dans les tiroirs d'une vieille table, il cherchait un sécateur. Il y avait là marteaux, limes, clous, ciseaux, des morceaux de toile d'émeri..., le tout passablement rouillé et saupoudré d'une poudre ocre qui s'était déposée dans le fond des tiroirs. Justin sortit une paire de petits gants de femme qui traînaient là-dedans, raides de terre sèche, les doigts tordus comme si c'étaient des mains prises de convulsions, accidentées. Pas de sécateur dans tout cela. Justin décida qu'il allait mettre de l'ordre dans ce fouillis, nettoyer, c'était une pitié que de voir la rouille manger les outils... En attendant, il n'avait pas de sécateur, et une grande envie de bouquets de lilas, partout dans la maison, dans les vases d'opaline, roses et verts. Et avec quoi allait-il tailler les rosiers ? Il était grand temps. Justin savait très bien tailler les rosiers, élevé qu'il était dans la grande propriété de ses parents, de ses parents jamais là, son père, chef d'orchestre, toujours en tournée, sa mère morte jeune, quand il n'avait que douze ans... D'ailleurs, le plus souvent, elle partait en tournée avec son mari. Justin avait grandi surtout avec les domestiques, sa nourrice qui le laissait faire, en adoration devant son petit Jésus, et le jardinier que Justin suivait à la trace et qui était bien le meilleur des hommes.

Justin retourna à la cuisine, se lava les mains, but encore une tasse de café et tira le tiroir de la table pour chercher une passoire — le lait avait refroidi et Justin détestait les peaux. Dans le tiroir, il vit, brillant, nickelé, tout neuf, un petit sécateur de dame. Cela lui fit presque peur ! Il aurait juré que le sécateur n'y était pas quand il avait ouvert le tiroir pour prendre un couteau et une cuillère. Il se retourna, cria : « Madame Vavin ! », ne reçut pas de réponse et se traita de vieux fou.

Le sécateur coupait bien. Les lilas déversèrent sur Justin une douche d'eau fraîche et parfumée, et, avant de les porter dans la maison, Justin dut les secouer comme de la salade. Les vases étaient faits pour ces lilas, sur mesure, évasés du haut, de façon à ce que le bouquet puisse s'étaler à son aise, pendant que les tiges étaient tenues par la taille. Les mauves et les violets dans du vert et du rose, avec la joliesse du siècle dernier... Blanche avait dû acheter ces opalines exprès pour les lilas de son jardin. Et aussi pour les roses qui allaient fleurir. Comme cela sera joli, les roses, dans ces vases...

Justin sortit pour s'occuper des rosiers. Il y en avait tout un massif, certains bourgeonnaient déjà franchement, avaient de grandes feuilles. Justin taillait les rosiers et pensait qu'il fallait aussi tondre le gazon, bêcher les plates-bandes... C'était trop tard, bien sûr, mais il valait mieux le faire quand même que de laisser ce grand désordre. Le gazon était si haut que les fleurs, les petites tulipes s'y perdaient, et cela ressemblait à de la mauvaise herbe fleurie... Il y avait une tondeuse dans le garage, très bien, si elle marchait... Dès que le soleil aurait séché la terre détrempée, dès que les tulipes seraient défleuries, il s'occuperait du gazon. S'il était encore là. Combien de temps pouvait-il se permettre de rester là ? En fait, tout le temps qu'il voulait. Mais voilà, combien de temps voudrait-il ? Justin savait par expérience que lorsqu'il serait complètement désintoxiqué du film terminé, un autre commencerait à s'infiltrer en lui, sournoisement. Pas toujours celui qu'il allait tourner en premier lieu, et même il arrivait qu'il n'en fît rien, jamais... en attendant, il s'y passionnait, en rêvait, croyait fermement que c'était là le film de sa vie... Ainsi vivait-il de naissance en naissance, avec, entre eux, le blanc de la fatigue, la gueule de bois, souvent un désespoir qui durait.

Cette fois, l'entre-deux ne se passait pas mal. Il ne repensait pas trop souvent à l'ouvrage terminé, arrivait à l'éliminer de sa vie et se reposait consciencieusement. Il était même positivement content et se sentait fort bien. La maison de Blanche l'avait grandement aidé à passer ces moments qu'il appréhendait. Tout à l'heure, pensait-il, à croupetons devant les rosiers et comptant machinalement les yeux, tout à l'heure, il prendrait la voiture et ferait un tour... Peut-être pousserait-il jusqu'au *Camping du Cheval Mort* comme il l'avait projeté la veille... Après le récit d'Antoine, le maître d'hôtel, et après avoir rencontré le baron, il regarderait le *Camping* avec d'autres yeux.

Mais toute cette journée grise et calme, Justin la passa dans le jardin... Quand apparut Mme Vavin, il fut étonné de la voir : comment, déjà midi ? Vous en avez fait du nettoyage, monsieur Merlin! Un jardin, on n'en a jamais fini, c'est comme le ménage... Elle allait vite monter faire le lit et donner un petit coup... Elle laisserait les commissions comme d'habitude dans la cuisine, il faut que monsieur Merlin l'excuse, elle a sa petite nièce à la maison et avec cette sacrée gosse, on ne sait jamais ce qu'elle va fabriquer...

— C'est ça, Madame, ne vous attardez pas... juste le lit et c'est tout...

Il était tard quand Justin se décida d'abandonner le jardin, il y avait passé toute la journée. Le temps de se nettoyer, et il arriva au *Camping du Cheval Mort* presque à la nuit. Justin descendit de la voiture près de la maison, de ce cube blanc avec le mot BAR au-dessus de l'une des portes.

Décidément, ce lieu était triste à pleurer, et comme ça, à la nuit, il avait même quelque chose d'effrayant.

On dirait un bivouac abandonné de ses guerriers en fuite ou, peut-être, anéantis... On dirait des tombes anciennes que les archéologues viennent fouiller pour y chercher des civilisations mortes... On dirait un camp déserté pour une raison mystérieuse, l'exode, une épidémie... Les tentes détrempées, sans couleur sous les rigoles d'eau sale qui glissaient encore sur les côtés, semblaient ne plus guère pouvoir servir d'abri, devaient prendre l'eau... Justin souleva un pan d'entrée, et, en effet, le sol à l'intérieur était aussi mouillé qu'au-dehors et même plus, comme si la tente servait à garder cette mare d'eau accumulée en dessous. Les rangées des w.-c. aux portes béantes, battantes, sentaient mauvais et dégoûtèrent Justin encore un peu plus de cet Eldorado manqué. La piscine, par exemple, avait meilleure mine, l'eau de pluie accumulée recouvrait le ciment fissuré du fond, elle était claire, propre... Justin évita d'aller du côté des grandes tentes marron, les surplus américains... Tout cela était macabre, macabre. La *Société du Cheval Mort* avait monté une vaste escroquerie. Rien qu'à voir le nombre de tentes! ces gens ne voulaient pas perdre un pouce de terrain. C'était un véritable labyrinthe, avec des passages étroits comme les rues d'une vieille cité... A la place du paysage autour, tout ce qu'on pouvait voir était de la toile, cette toile raide, couleur de vieux sac de pommes de terre, avec les rigoles d'eau qui coulaient dessus... Justin s'en sortit en tortillant entre les murs de toile et prit la route : il voulait voir de plus près le petit kiosque qu'il avait aperçu la dernière fois.

Un sentier y menait de la route, et, plus loin, Justin aperçut encore d'autres petits édifices du même genre, mais de formes différentes... L'un plus étrange que l'autre! Justin avançait, bien que le sentier se fût vite perdu dans les pierres et la végétation, les buissons bas et piquants qui s'aggripaient à son pantalon, déjà trempé jusqu'aux genoux. Chacun de ces petits kiosques avait sa forme particulière : niche à souffleur, escargot tortillé, minuscule maisonnette pour rire, roulotte... Tous étaient faits en quelque matière plastique et ressemblaient à des chalets de nécessité conçus par un esprit déséquilibré. Justin, tant bien que mal, arriva à cette sorte de sabot aperçu en premier, colla le front à une petite fenêtre et distingua à l'intérieur deux banquettes avec des matelas... une table... des sièges de forme bizarre... Il traversa un autre bout de terrain — un cross-country difficile — et regarda par la petite fenêtre de la niche à souffleur : deux banquettes avec matelas, table, sièges... Bon. Il rebroussa chemin, pressé de regagner sa voiture : voilà la pluie qui recommençait, de plus en plus forte. Sur la route, Justin prit le pas de course et arriva en nage à sa DS.

Dans la voiture, il se déchaussa, mit en marche chauffage, ventilation et radio, et démarra en chaussettes, mais fort content d'avoir retrouvé la civilisation. Il descendait doucement la pente, ça dérapait, ces gens-là ne savaient même pas construire décemment une route. D'abominables escrocs... Les essuie-glaces servaient de métronome à la musique, étrangement réglés sur le même rythme. Les roues bruissaient comme des feuilles sèches. Justin se mit à ronronner, content de ne plus être là-haut.

Il s'arrêta quand ses chaussettes et son pantalon furent suffisamment secs, à son avis. Un bistrot de routiers le tenta. Des hommes lourds et bâchés

qui ressemblaient aux camions qui les attendaient
devant la porte, mangeaient comme on travaille à
un poste responsable, gravement, consciencieusement. Justin commanda du pâté et un château.
Tout était bon, le château haut comme ça, fon-
dant, on n'en aurait pas servi de meilleur aux
Halles. Sur le chemin du retour, comme il passait
devant l' « Auberge du Cheval Mort », — pardon,
des « Trois Chevaliers du Roi »! — Justin s'arrêta
pour prendre un café, et entra directement au Bar-
buvette. Antoine le salua comme un vieil ami, lui
apporta le café du restaurant, du bon, pas de celui
qu'on servait au Bar, et lui proposa de la framboise,
autre spécialité de la maison, avec l'armagnac...

Ce soir, il y avait un peu de va-et-vient, malgré,
ou, peut-être à cause de la pluie. Des gens en
blouson de cuir, bottes de caoutchouc, un garde-
chasse avec son chien... un homme qui avait froid
et soif... un commis-voyageur... Le baron apparut
quand il n'y avait plus personne, jeta un coup d'œil
sur Justin et mit deux doigts à son béret. Justin
se souleva et dit, déversant sur le baron le bleu de
ses yeux :

— Voudriez-vous accepter un verre, Monsieur,
vous me feriez plaisir ?

— Volontiers..., grinça le baron, M. Justin Merlin,
n'est-ce pas ?

Justin, débonnaire et rond, se mit à parler de la
chasse, de la forêt alentour... Vers minuit, ils étaient
encore là : le baron s'était révélé bavard dès la première framboise, et ils en étaient à leur quatrième.

— J'avais misé ma vie et ma fortune sur la création de ce *Camping*, — disait-il, affalé sur la banquette, toujours avec sa canadienne, à croire qu'il
n'avait rien en dessous. Ses jambes croisées, pen-

daient mollement, comme une étoffe, sa main étroite, élégante et sale, jouait avec le verre... — C'était une entreprise d'utilité publique, la fortune pour la contrée tout entière... Je comptais y construire une scène pour un théâtre en plein air... Le T. N. P. aurait pu y jouer, là-haut, et c'était le tout-Paris qui venait! Vous imaginez, à quatre-vingts kilomètres de Paris, la beauté du site, avec les projecteurs... J'étais déjà en pourparlers avec Pathé-Marconi pour un Son et Lumière... Pourquoi toujours n'illuminer que des pierres, ne mettre en valeur que de vieux murs! Il y a des paysages qui seraient bouleversants, la nuit, dans les projecteurs, les phares des autos nous l'ont appris... J'ai fait établir un devis pour un cinéma à toit ouvrant... J'avais l'intention de créer une bibliothèque, et pas seulement avec la Série Noire... et la Blonde... mais des livres de qualité, pour les grands et les petits... Vous imaginez, Monsieur, le centre culturel que cela aurait pu devenir? Ce que cela aurait été pour notre jeunesse?... Notre pauvre jeunesse qui pourrit sur pied... Voleurs d'autos, escrocs et assassins! J'offrais au Gouvernement l'aide de loisirs presque surveillés, et, même tout à fait surveillés! Et que pensez-vous de l'église qui nous avons bâtie?...

— L'église?... Justin n'avait pas vu l'église.

— Mais oui, monsieur, l'église! Cela semble vous étonner... Vous avez vu les petits abris permanents? Eh bien, l'église se trouve juste du côté opposé, de l'autre côté du *Camping*. Nous avions l'intention de peu à peu remplacer les tentes par des abris permanents, c'est plus gai, plus propre aussi. Des firmes concurrentes nous en avaient fourni des modèles ravissants, vous les avez vus?

A l'essai... L'expérience nous aurait permis de choisir, et aussi le goût du public... que nous aurions aidé à éduquer...

— Mais l'église?...

— De l'autre côté, de l'autre côté... Un édifice en ciment armé, ultra-moderne... pourquoi la foi doit-elle rester prisonnière du Moyen Age, esthétiquement parlant? En quoi le gris du ciment est-il moins beau que le gris des pierres? On finira bien par admettre la beauté de ce matériau décrié... Et comme le disait un Père de mes amis, pourquoi n'habillerait-on pas la Sainte Vierge chez Dior? Nous avons fait bâtir un hall provisoire sur le terre-plein devant l'église, pouvant abriter dix mille pèlerins, et aussi des passages couverts menant du hall à l'église, pour les processions, en cas de pluie...

— Des pèlerins? Pourquoi des pèlerins? Il y avait quelque chose qui les attirait, là-haut?

Le baron se redressa et ouvrit ses grands bras... Il ressemblait, décidément, à un aigle.

— Mais de ce choc, du contraste entre le site et cette église en ciment armé, Monsieur, saisissant, extraordinaire, il ne pouvait pas ne pas naître un miracle, des miracles! Nous avons déjà eu plusieurs pèlerinages de jeunes...

Le baron se tut, et Justin Merlin n'insista pas. Il se pouvait que le miracle n'ait pas eu le temps de naître, et il ne voulait pas mettre le baron dans une situation délicate.

— Antoine, appela-t-il, encore deux framboises...

— Ah, quelle déception, pour moi, cher Monsieur, quelle déception! Et puis...

Le baron, passablement ivre, se pencha vers Justin et se tut. Justin attendait.

— ... Et puis, chuchota le baron, fallait-il que juste comme cela commençait à flancher, je rencontre une femme... Peut-être, si je l'avais connue avant, n'aurais-je même pas entrepris mon œuvre gigantesque... Elle me l'aurait certainement déconseillé. Mais j'y étais, jusqu'au cou, et, ayant rencontré cette femme, j'ai voulu m'en sortir à tout prix, à n'importe quel prix... Et voilà où cela m'a conduit. Je l'ai rencontrée trop tard, de tous les points de vue. Je me suis fait beaucoup d'illusions dans la vie, Monsieur... sur mon passé et sur mon avenir et sur mon compte en banque... Ce sont les illusions qui vous font signer des chèques sans provision. Mais je ne me suis jamais fait d'illusions sur les sentiments de Mme Hauteville à mon égard. Elle était rieuse et perspicace. Elle m'a tout de suite dit : « Baron de Crac, baron de Münchhausen, pourquoi n'arrêtez-vous pas cette aventure ? » Et peut-être, à l'époque, était-il encore temps... Vous savez, les faillites, on s'en sort, on n'est pas ruiné pour si peu... Maintenant, ma liberté n'est plus que provisoire... Je n'en ai plus pour longtemps.

Justin ne sut quoi dire... Ils se taisaient tous les deux au-dessus de leur alcool.

— Et comment était-elle, cette Blanche ? dit enfin Justin, ayant gardé le silence le temps qu'il jugea décent pour cette sorte de deuil...

Le baron le regarda curieusement :

— Vous connaissez Blanche Hauteville ?

— Non, pas du tout... Vous avez dit, Blanche... j'ai répété : Blanche. C'est votre récit qui m'intéresse.

— J'ai dit, Blanche ?...

Le baron se tut, longuement cette fois, si bien

que Justin Merlin n'attendait plus de réponse quand l'autre se remit soudain à grincer, doucement, plaintivement :

— J'ai toujours aimé parler des femmes. Raconter mes aventures amoureuses était pour moi presque aussi passionnant que de les vivre. J'étais discret, naturellement, je suis un gentleman, je camouflais les noms, je brouillais les pistes, mais j'aimais confier mes aventures amoureuses avec leurs bizarreries. Blanche Hauteville... Le bizarre ici, c'est qu'il n'y a pas eu d'aventure. A proprement parler. Rien. Nous avons souvent chassé ensemble... Je l'ai connue à une chasse à courre... Diane! Elle a quitté le pays... C'était une très grande dame. — Et sans transition, le baron ajouta : — J'aurais aimé prendre encore un verre de cet alcool... A titre de revanche...

Cette framboise fut la dernière ce soir-là. A peine l'avait-il dégustée que le baron s'endormit profondément. Justin Merlin le regardait dormir. Il avait pas mal bu lui-même, moitié moins pourtant que le baron. D'ailleurs, il supportait fort bien l'alcool, qui aiguisait ses sens, le rendait plus perspicace, chatouillait sa vitalité sans le soûler. Il avait le vin gai et fertile. Le baron, lui, dormait, légèrement sifflotant. La barbe de ses joues hâves semblait pousser à vue d'œil... la peau du cou pendait, fripée comme un sac de papier vide... les mains étroites, faibles, aux ongles jaunes, crochus, étaient grises, couleur de cendres. Justin se leva, la tête lui tournait un peu.

— La prochaine fois, dit-il à Antoine qui avait réapparu, je prendrai tout de suite la bouteille...

Antoine l'accompagna paternellement à la voiture... Tout de même avec tout ce qu'il avait bu, on a beau avoir du savoir-vivre... M. Merlin était un client comme on en souhaiterait beaucoup.

La nuit était profonde quand Justin rentra dans la maison de Blanche. Les lilas dans les vases d'opaline verte et rose lui firent fête. Il alluma toutes les lampes, le gros radiateur, et se mit à arpenter la bibliothèque de long en large, à tourner en rond... Il n'avait pas sommeil, il se sentait en pleine forme. Justin sortait des livres de la bibliothèque, les ouvrait, les flairait plus qu'il n'essayait de lire, les remettait en place... Il prenait entre ses mains les objets qui étaient posés ici et là, ces menus objets qu'une vie accumule, qui arrivent par hasard chez vous et que d'abord la nouveauté et ensuite l'habitude abandonnent pour des années sur une étagère, la cheminée... une pierre, un gobelet d'argent, un coquillage, une coupe que Blanche avait peut-être gardée pour le bleu profond de son verre... Justin retourna aux livres, sortit des vieilles *Claudine* à couverture glacée, passa la main sur le rayon derrière les livres, comme s'il pouvait y avoir des clefs à tous les rayons! Puis il donna son attention à un cartonnier en acajou dont tous les cartons étaient vides, il le savait bien... et se dit qu'il semblait chercher quelque chose quand il ne cherchait rien! Simplement, il se pénétrait de sa maison, de sa nouvelle adresse permanente. Car il était soudain décidé de faire de la maison de Blanche sa résidence principale. Il s'y plaisait énormément.

Il voulut sans tarder l'étudier de ce point de vue, monta à l'étage, où il n'avait été jusqu'ici qu'une seule fois, quand il avait inspecté les lieux, et visita longuement les trois chambres d'amis. Elles étaient simples, blanchies à la chaux, avec chacune un large lit, des couvertures en piqué blanc, le parquet ciré, brillant, et auraient paru monacales, n'y eût-il eu dans l'une le vieux fauteuil à bande de tapisserie courant du dossier au siège, dans l'autre un canapé à fleurettes, dans la troisième un petit bureau et des sièges tarabiscotés, ce qui détruisait toute idée de cellule. Les trois chambres avaient des lavabos et donnaient sur un couloir qui se terminait par une salle de bains. Justin était satisfait, il avait là un petit hôtel où il pouvait, le cas échéant, loger son monde, le secrétaire, l'assistant, l'opérateur...

Il redescendit, alla ouvrir buffets, coffres, placards : ils étaient pleins de vaisselle, de linge, de brosses et de torchons... Blanche avait dû partir, une petite valise à la main, laissant tout derrière elle.

Installé devant le bureau, Justin se disait qu'il n'avait pas sommeil, et qu'il valait mieux ne pas se coucher, comme ça il n'aurait pas d'insomnie, car il les craignait, les insomnies... Blanche avait dû avoir ce bureau en héritage de quelque oncle à elle, ou l'acheter dans une vente. Ce n'est pas bête un bureau de notaire, c'est confortable avec son large plateau, ses tiroirs... Il était deux heures du matin passées, mais Justin n'avait décidément pas sommeil... Il plongea la main dans la corbeille à papiers où étaient les lettres à Blanche et en retira un assez gros paquet attaché avec un élastique qui tenait les lettres bien serrées. Bon, il allait voir ça... Presque toutes, elles avaient encore leur enveloppe... *Madame Blanche Hauteville... Madame Blanche Hauteville...* Elle habitait toujours Quai aux Fleurs... Des télégrammes... Des pneumatiques... Et, pour une fois, Blanche avait rangé sa correspondance, les lettres se suivaient. Mais les télégrammes d'abord, ils étaient sur le dessus du paquet :

> *bonjour je vous aime raymond*
> *étrange aventure je vous aime raymond*
> *comment faire je vous aime raymond*

Les télégrammes venaient d'Amiens. Les lettres pliées en deux, usées aux plis, semblaient avoir séjourné dans une poche, un sac à main, les faces extérieures ternies, salies... L'écriture était courante, facile à déchiffrer, le papier bon marché souvent à en-tête d'hôtel...

5 avril 50.

Me voilà dans cette ville où vous n'êtes pas, chère Blanche, avec derrière moi l'éblouissement de notre rencontre. Aujourd'hui vous m'y faites signe avec un objet léger qui ressemble à une ombrelle et qui est joli comme l'étoile de votre main. Je vous remercie de bien vouloir me juger sur ce que j'écris. Vous avez raison contre les autres qui jugent sur la vie... Les gens me quittent tous au moment où ils pourraient entrer dans mon esprit. Il me semble qu'il y a un chemin terrible du cœur jusqu'au cerveau. Peu d'êtres le franchissent.

Vous, vous le parcourez tous les jours... J'étais seul. Je vous attendais.

Écrivez-moi, très longuement, parce que votre lettre est parlée et que je ne me lasse pas de vous écouter.

Raymond.

30 avril.

Blanche, votre dernière lettre me déroute tellement. Je crains que vous ne soyez déjà effrayée de vous être engagée, je veux dire de m'avoir laissé croire qu'il pouvait y avoir entre nous quelque chose de plus sérieux qu'un badinage ou qu'un accident. Vous me dites de vous écrire longuement, or comment faire sinon comme un aveugle, comme quelqu'un de perdu au milieu d'un monde où il ne reconnaît plus un visage évoqué par les souvenirs et les lettres précédentes.

Je vous en supplie, Blanche, vous pouvez en toute franchise me tenir au courant de votre vie et si cela est nécessaire me raconter les événements qui ont précédé notre rencontre.

Je suis au désespoir à la pensée que je puis vous perdre déjà, je veux dire perdre la chance que vous m'aviez laissée de me faire aimer de vous. Reposez-vous sur moi, Blanche, et mettez-moi dans votre secret. Vous devez me savoir incapable de me trahir.

Je vous aime.

Raymond.

P.S. — Et aussi pourquoi ne plus vouloir me répondre et me laisser si longtemps sans nouvelles ?

Raymond.

Je répondrai à votre belle lettre dans l'après-midi. Je vous parlerai très longuement. Ce mot que vous l'ayez à votre réveil, car l'express passe dans cinq minutes.

Je vous aime de plus en plus. Et si c'est sans espoir, que je suis heureux de vous connaître.

Écrivez-moi aujourd'hui. J'attends vos lettres avec tant d'émotion et de joie.

Je vous serre dans mes bras, ma chérie.

Raymond.

Nice, Hôtel Terminus.

Encore une lettre bouleversante de vous. Vous ne m'aviez jamais parlé ni écrit de la sorte, mais comment pouvez-vous supposer que je ne vous ai pas imaginée telle que vous vous révélez. Tout ici confirme les idées que je me faisais du monde, du cœur humain et du destin. Ai-je besoin de me défendre de quelques mauvaises paroles imputables seulement à mon humeur. Pouvez-vous m'en tenir rigueur ? Que je vous envie de pouvoir toujours parler avec cette grandeur et cette fermeté. Il me semble que vous tenez toujours la tête de votre fatalité au-dessus de la mer. Moi, je suis trop souvent le jouet des distractions ou de la médiocrité de mon tempérament. Je redoute souvent le remords. Vous, vos remords n'en sont plus. Ils n'en ont jamais été et ils vous accompagnent douloureusement dans la vie comme des favoris puissants. Je vous admire, Blanche, et je ne sais ce que je dois le plus admirer de votre capacité d'aimer ou de votre pouvoir de souffrir sans limites. Mais dites-vous que je ne tarderai pas à vous atteindre où vous vous tenez. Dites-vous que grâce au personnage exemplaire que vous êtes, j'aurai tôt fait de détruire en moi ce qui s'oppose encore à une entente que nous voulons tous deux. Je vous jure que déjà rien du côté de ce monde des habitudes, des complaisances, etc., ne me touche plus. Vous seule brillez avec cet éclat auquel je ne me suis jamais trompé, et qui est celui des apparitions ou des annonciations. Vous verrez.

Je m'arrête. Je voudrais écrire plus humainement, mais je sais que vous comprenez ce langage. Vous ai-je blessée ? Moi aussi je n'admets ni la pitié, ni la démence, tout au plus un certain pardon qui est la millième partie seulement du sentiment qui me fait accepter et magnifier le lieu où ma destinée croise celle des autres. Vous reprocher quoi que ce soit ? Mais, Blanche, sans cela je ne vous aimerais pas.

Oui, Blanche, je vous aime pour tout ce qui vous a affectée. Je prends le mot « affectée » dans son sens le plus étendu, mais pourquoi, que craignez-vous pour votre cœur ? J'ai sous les yeux son satin rouge effiloché... Il tiendra, Blanche, ce magnifique cœur humain. J'ai l'impression que vous êtes la trace mystérieuse d'un surnaturel sur la terre que j'aurais pu et dû imaginer. Si je l'avais fait, je n'aurais pu le faire autrement.

Quant à ce qui est de l'amour, ni l'un ni l'autre ne pouvons nous désunir. Nous pouvons nous torturer, mais nos tortures nous lieront davantage. Peut-être serons-nous condamnés à des mouvements de défense ou de cruauté, ils ne peuvent être que les instruments d'une plus grande intimité. Je crois en ce qui nous concerne au pouvoir contraire de ce qu'on a l'habitude d'attendre des sentiments. La preuve en est de vos lettres, des miennes, et de nos relations en général. Il n'est que d'accepter notre amour. Moi, je l'ai accep-

té dès le premier jour. Vous, je sens que vous allez irrémédiablement le faire.

> *Je suis près de vous tout le jour.*

R.

Amiens.

Non, je ne suis pas un sale type. Je ne vous ai rien caché d'autre que mon oisiveté. A vous, je puis le dire : je ne fais rien. Je me sens incapable de tout travail. Et votre pensée, vos lettres, les miennes m'occupent exclusivement. Vous m'avez dit ne pas aimer les hommes ivres. Je bois beaucoup. Mais pour atteindre aux imbéciles que je vois tous les jours ou pour m'exhiber au milieu des fantômes qui furent mes amis, j'ai souvent besoin de céder aux invitations de l'alcool. Je sais qu'à ces heures je ne pourrais soutenir votre abandon, aussi est-ce un spectacle que je me garderai bien de vous donner. On vous a peut-être dit tout cela, mais il ne faut rien croire. Les hommes ont de grands pieds, de grandes mains quand il s'agit d'un autre s'ils parlent à une femme, mais l'intelligence et le cœur sont petits et sans éclat. Je n'ai rien à vous cacher, car je vous aime.

Je ne suis pas un sale type. Tout au plus un produit de la guerre, de la défaite. J'ai commencé par pousser très vite, ensuite, pendant l'Occupation il n'y avait pas eu de quoi nourrir cette grande carcasse. Je suis devenu l'asperge pointe verte que vous savez, long, blême, les joues verdâtres et les dents qui commencent à s'effriter à vingt-cinq ans. Mes parents tenaient un café-tabac dans cette ville, et les clients trouvaient cela drôle de faire boire le môme. Des Allemands, des deuxième classe, venaient prendre un verre. Quand il y en avait un qui était soûl, on me le confiait pour que je lui tienne la tête sous le robinet. Mes parents n'étaient pas des collabos, mais ce n'étaient pas des héros, il fallait bien vivre. Quand la Polizei venait cueillir les pauvres types, on n'en menait pas large au café-tabac. Discipline! Discipline! On faisait un peu de marché noir, de quoi vivre. Quelques filles attendaient les soldats, assises sur les banquettes de toile cirée. Quand on a l'habitude de voir de près les prostituées, sans ce que le trottoir leur confère de mystérieux, de dangereux, d'ignoble et d'attirant, ce ne sont que des petites bourgeoises à odeur de poireaux et de poudre de riz. Elles eurent vite fait de me mettre au courant de l'amour, de la vie. Chacune a voulu goûter au môme à Tintin.

Je ne suis pas un sale type. La connaissance de la vie est comme le sable : elle ne salit pas. A vingt ans, je n'ai emporté avec moi à Paris que ma solitude et ma pureté. Et si mes vingt ans avaient appartenu à l'autre après-guerre, celle de 14-18, j'aurais probablement cherché le milieu des surréalistes pour monter à l'étage au-dessus du café-tabac. Au lieu de quoi je suis tombé au Saint-Germain-des-Prés de 45, et je n'y ai rien trouvé qui ne fût de la gadoue, et les amis que j'ai cru m'y être faits n'étaient que des bonshommes de neige qui fondaient sous mes yeux et devenaient cette même gadoue. Quant à l'amour...

J'avais une amie. Nous nous aimions. Elle était riche et je n'avais rien, même pas de goût pour le travail. J'ai découvert d'où lui venaient ses billets de mille. Nous avons continué à nous aimer. J'étais devenu le parasite hautain des tables où l'on me payait à boire à cause d'elle. Mais je n'ai rien d'un chevalier, je ne pouvais pas soutenir le train d'amour que menait ma Manon, ma femme-enfant. L'amour ne change rien. Ni les choses, ni les personnes. Au contraire, il ne peut qu'aggraver les vices s'il se trouve *du côté de la chair, et c'est tant mieux, et multiplier les données de l'âme et de la pensée s'il se trouve du côté du cerveau. J'excuse tout en amour. C'est le seul critérium qui à mon sens échappe aux dangers de la politique. Le pardon vient des dernières frontières de l'amour. Si l'on ne me pardonne pas...*

> *Je baise vos yeux, simplement.*

> *Raymond.*

Tu vois, nous avons les mêmes métaphores, comment n'aurions-nous pas le même esprit, ayant déjà le même cœur. Ce qui m'étonne en toi et me bouleverse, c'est que tu fais la part des déguisements, il n'y a pas de masque pour toi. Tu touches juste, droit aux yeux, droit au front, droit à la bouche aussi. Qui résisterait à tant d'adresse, qui n'aurait confiance en tant de cruauté véritable, puisque tu y joins la plus charmante des douceurs.

Tu es venue. Tu as voulu. Nous serons si heureux de nous découvrir de plus en plus semblables. Imagine cette exaltation progressive... Nous qui avons pu nous aimer séparés si longtemps, qui le pourrons encore jusqu'à ce que nous ne le puissions plus, nous nous retrouverons.

Nous nous embrassons longuement, et je pense à vos mains.

> *R.*

Le 2 juillet 50.

Vos deux lettres, ma chère Blanche, n'ont fait qu'aggraver mon bonheur. Ce matin, on m'a remis miraculeusement une seconde lettre. Il n'y avait aucun doute : « Dimanche. Sans attendre votre réponse... » Et vous m'écriviez uniquement pour me

*dire qu'il faisait beau et que vous pensiez à moi.
Que vous avez reçu mon livre, que vous étiez contente,
que vous n'étiez pas blessée. Chère petite fille !*

*Je vous embrasse comme je vous aime, c'est dire
que je vous adore.*

R.

Amiens, le 12 juillet.

*Vous, votre cœur, vos lettres et jusqu'à votre choix
qui m'a déjà atteint, tout se rapproche vertigineuse-
ment. Merci de le faire avec tant d'émotion, avec tant
de franchise.*

*Vous avez vraiment beaucoup de taches de rous-
seur ? Comme c'est ennuyeux, on ne doit plus savoir
où vous embrasser... Mais est-ce tout ? Je suis
de plus en plus persuadé que vous me cachez des
infirmités redoutables, celle-ci par exemple : que
vous pourriez m'aimer. Et alors, comment pourrais-
je guérir, puisque je suis atteint du même mal.*

*Enfin, vous serez là ! A nous écrire ainsi, je crains
que cela ne devienne un jeu. Non de moi, ni de vous,
Mais alors de nous deux — ensemble. Et pourtant,
je suis si bien à vous écrire. Il vient de pleuvoir, les
oiseaux sont immenses et les fleurs comme des
géants. Cette crainte du ridicule m'empêche aussi
de vous dire que je pourrais pleurer, car les larmes
dans la solitude brillent aussi stupidement que le
canon du revolver dont vous parliez. Mais enfin,
je vous ai dit qu'il vient de pleuvoir et que tout ce
cristal grossissait démesurément le monde. Un tour de
vis pour la féerie, deux tours pour le grotesque — et
l'âme s'accomplit.*

*Ma chère Blanche, j'attends de vous une exalta-
tion que seule vous pouvez donner. Je vous explique-*

rai tout cela — et aussi de reprendre à la vie le goût
que j'ai perdu.

Aujourd'hui, je vous embrasse avec toute ma tendresse retrouvée.

Raymond.

13 juillet.

Blanche, il y a des musiques et des manèges partout, mais votre pensée ne me quitte pas. Encore
quelques jours et peut-être me permettrez-vous de
vous serrer dans mes bras.

Je vous aime désespérément.

Raymond.

Amiens, le 20 juillet.

Je reçois votre lettre. Oui nous nous reverrons.
Vous devez repasser par Amiens, pourquoi n'y repas-
seriez-vous pas ?

Pourquoi serais-je malheureux ? Vous écrivez des
choses charmantes, mais pourquoi cette indécision ?
Pourquoi ne recevez-vous pas mes lettres ? J'ai écrit
le jour de votre départ. Quand reviendrez-vous ? Il
faut que vous veniez.

J'y pense, votre lettre est un résumé des événements.
Pourquoi ne m'avez-vous jamais parlé de votre mari ?
Pourquoi ? Qu'est-il pour vous ? Rien ou tout ?

Je t'embrasse de toutes mes forces.

Raymond.

Justin riait, il riait tout seul, de toutes ses
petites dents. Cela a dû être un drôle de coup pour
Raymond d'apprendre que Blanche avait un mari !
Il faut dire que Justin apprenait l'existence de ce
mari par la même occasion, mais ce n'était pas lui

l'amant de Blanche! Il était bien temps de l'annon-
cer à Raymond, maintenant qu'ils avaient couché
ensemble... Et savait-il seulement que Blanche
était aviatrice? Nulle part dans ces lettres il n'y
était fait allusion.

Justin alla ouvrir une fenêtre... Il ne pleuvait
plus et la nuit était immobile et épaisse, douce aussi
comme de la peau de chamois. Raymond était-il
un sale type? Certainement en marge des messieurs habituels. Justin penchait pour lui, tant
qu'à choisir, il aurait fait comme Blanche. A
moins que *Charles D.-P....* — que c'est étrange que
Drot-Pendère fût ce Charles, *le gérant du Luna-
Park* de Blanche! — non, il est marié et cela a son
importance, Blanche pourrait avoir des ennuis
ou de la peine. Qu'elle soit mariée, elle, ne semblait
pas tirer à conséquence. Justin était contre Pierre
Labourgade, le journaliste... Et contre l'autre,
celui qui a sauvé l'or de la France, le *B* majuscule,
l'homme d'État... Un monsieur, véritablement.
Petit. Un Napoléon. Les épaules rondes. Un peu
de ventre. Il devait sentir le cuir de Russie. Il
avait un porte-cigarettes en or. Tout compte fait,
Justin était prêt à féliciter Blanche d'avoir choisi
le sale type, le traîne-savates. Si l'alcool ne le brûle
pas trop tôt, il deviendra peut-être, au contraire,
un type très bien, célèbre et tout. Sûr qu'il avait du
talent, Raymond... Raymond, comment? Les
lettres portaient la date de 1950 et il avait alors
vingt-cinq ans... Nous sommes en 1958, il a donc
déjà trente-trois ans, les jeux étaient faits... Tandis
que les lettres de *Charles* sont de 1957... Quel âge
pouvait-elle avoir aujourd'hui Blanche? La tren-
taine, un peu plus? Sur quelles données? Aucune...
comme ça... Cela aurait plu à Justin qu'elle ait

aujourd'hui trente ans et quelque. Quel est l'âge limite dans l'aviation? Quand on n'a pas le cœur malade... Les hommes autour de Blanche ne savaient pas y faire, ce n'étaient pas les hommes qu'il lui aurait fallu rencontrer. Il y avait Carlos, l'astrophysicien si beau. Très, très beau, à en croire *Charles*, jaloux... La beauté, cela a son importance.

Justin retourna au bureau. Il voulait connaître la suite du roman d'amour entre Raymond et Blanche. De toute façon, il n'avait toujours absolument pas sommeil.

Nice, le 3 septembre 50.

Je vous écris avec beaucoup de tristesse, d'inquiétude et comme si un malheur était sur moi. Pourquoi suis-je si neutre aujourd'hui. Rien ne me distrait, rien ne m'accueille. Seulement le sentiment d'une grande déchéance, celui aussi de votre solitude, de votre indécision, de votre égarement. Je m'ennuie dans l'acceptation la plus fatale du mot. Que puis-je contre tout ce qui me comble, m'accable et m'abandonne tour à tour. Blanche, pourquoi êtes-vous insensible à ce qui m'exalte en vous. Je sens ici à quel point je vous aime, à quel point la solitude nourrit ici le désespoir, et je ne puis vous imaginer vivant, faisant des gestes, qui ne soient l'écho de votre tristesse, je ne puis vous voir vivant naturellement.

J'essaye d'analyser aujourd'hui ce qui nous rapproche et nous éloigne l'un de l'autre. Tout m'attire en vous. Tout peut-être vous attire en moi, et pourtant... Tout se passe comme si nous cherchions mutuellement à nous détruire. Votre vie magnifique, votre cœur magnifique, votre intelligence magnifique, tout cela je le redoute et m'en exalte. Je n'ai jamais senti à ce point le besoin que l'on peut avoir de

quelqu'un. Le besoin infini que j'ai de vous. Ne me
faites pas de reproches, Blanche. Je crois que nos
« destins sont liés ». Vous arrivez à un moment où
tout conspirait vers cette attente en moi. Acceptez-en
la cruelle fatalité. Je m'attacherai à vous rendre heu-
reuse. Songez à ce que vous m'avez dit au plus haut de
notre amour. « Je vous promets que nous resterons
ensemble. » Et ces difficultés ne valaient que parce
qu'elles se plaçaient au milieu de la vie. Songez au
peu de place que tiennent les événements dans la vie
des hommes, s'ils ne sont pas soutenus par le cœur et
l'esprit. Seuls les deux derniers termes restent.

Vous êtes d'une jeunesse qui m'épouvante, Blanche,
car vos désirs sont d'une adolescente. Or, je suis un
enfant de ce côté, mais plus qu'un homme de l'autre.
Comprenez que je suis prêt à tout vous sacrifier dans
le domaine de ce qui me touche, dans ce qui n'est pas
du monde, or c'est justement là que vous me retrouvez.

Il y a votre terrible expérience, votre cœur, et le
gouffre où vous voulez coûte que coûte vous engloutir.
J'accepte tout de vous si vous me passez mes humeurs
et si vous acceptez de votre côté de me conduire exactement là où vous êtes.

Je vous aime.

Raymond.

P.-S. — Toutes ces lettres m'épouvantent. Je pourrais
vous écrire ainsi sans arrêt tout le jour. A quoi bon. Je
suis si tourmenté, si égaré, que je ne puis choisir.
Essayez, je vous en supplie, de m'y retrouver aussi
véritablement que possible.

Nice, le 15 septembre 50.

J'ai trop le sens de l'irréparable en amour pour ne
pas voir dans votre lettre que toute tentative de ma

part ou de la vôtre serait vaine maintenant pour retrouver ce que nous avons perdu. Il serait indigne de le dire, à plus forte raison de penser de quel côté doivent aller les reproches. En ces circonstances on perd son temps à s'entre-déchirer, alors qu'il serait si simple d'ouvrir les bras. Or le geste est manqué, cette fois par ma faute, j'en conviens. J'ai eu la malchance de le tenter alors que vous étiez plus loin que Paris. Simple erreur d'optique, ma chère Blanche. je le dis sans amertume, je le constate avec tristesse, Car enfin, je le comprends — je l'avais compris et je m'accuse d'avoir feint de ne point le comprendre — vous avez voulu me retenir, puis m'attirer à Paris. Or, Blanche, non par lâcheté envers vous, mais envers la vie matérielle (il m'est difficile d'être plus clair), malgré tant de charme absolu et votre amour dont je souffrais, il m'a été impossible de vous rejoindre. Et vos lettres, je le sentais aussi non sans effroi, m'abandonnaient à cette seule chance de salut, et quitte à tout perdre et à n'avoir à jouer qu'avec deux fantômes, votre cruauté vous exécutait vous-même petit à petit comme elle m'exécutait moi. Bref, il fallait que je reste auprès de vous, je n'en avais pas les moyens matériels, et je suis allé là où je pouvais manger tous les jours. Qu'avez-vous pu imaginer d'autre ? Mais enfin, Blanche, si je me suis attaché au cours de toutes mes lettres à vous avouer, puis à vous dire et redire que je vous aimais, il faut bien que vous n'en ayez pas douté puisque vous y répondiez. Était-ce par pitié ? Je ne le crois pas de votre part, je suppose que vous avez assez l'expérience du cœur pour savoir que l'amour ne se nourrit pas de cette viande creuse. Pourtant alors vous preniez soin de favoriser l'absence. J'essayais de vous arracher un aveu. Vous n'avouiez qu'à demi. Sans doute vous

ai-je troublée, sans doute ne serais-je jamais égaré
dans votre souvenir... Mais cet aveu, que par
pudeur ridicule je qualifiais de « les trois mots »,
vous ne pouviez les prononcer. Je sais pourquoi
je n'ai pas pu vous y contraindre. Plus près de vous
aurais-je été plus heureux ? Car, Blanche, ai-je
cette unique nuit profité de votre trouble, vous ai-je
escroquée dans votre cœur, vous en souvenez-vous,
vous avez répondu à la même question en disant que
vous m'aimiez. Et si alors vous n'étiez pas sincère,
il faut qu'il n'y ait pas d'amour et il est permis de
douter de tout.

Vous revoir à Paris avec d'autres yeux, que vous
ne soyez plus une apparition pour moi, que je n'en
sois plus une pour vous, je ne puis m'y résoudre et
pourtant plus forts que nous le temps et l'espace
redoutables veulent faire de l'une : une femme, de
l'autre : un homme, simplement, qui se diront bonjour
au Flore ou ailleurs, avec nostalgie sinon avec indif-
férence.

Mais moi, je vous aime, Blanche.

Raymond.

C'était la dernière du paquet tenu par un élastique. D'ailleurs, il devait en manquer beaucoup...
Se sont-ils revus ? Pauvre sale type... « Je suis allé
là où je pouvais manger tous les jours... » En
jouant son amour. Blanche, qui devait manger
tous les jours sans se rendre compte de la chance
qu'elle avait, comme si c'était une chose naturelle
d'avoir de quoi manger tous les jours, Blanche,
elle, demandait une preuve d'amour... et Raymond,
qui devait pourtant avoir l'habitude de taper les
gens, ne s'est pas arrangé cette fois-ci pour aller la
retrouver. Peut-être Blanche avait-elle eu raison

d'en finir avec lui... Pour elle, il aurait dû essayer, chercher du travail, ouvrir les portières, coucher sous les ponts... La preuve d'amour qu'elle exigeait n'avait rien d'excentrique. Dommage pour eux.

Justin fouilla parmi les lettres en vrac : non, il n'y voyait pas l'écriture bleu ciel de Raymond, les lignes qui couraient si droit, si bien, les lettres enfilées comme des perles... Le paquet serré par un élastique n'avait perdu aucune lettre. Il ne devait manquer que celles que Blanche avait égarées ou jetées. Peut-être s'étaient-ils retrouvés et n'y avait-il plus de raison de s'écrire ? Non... Dans cette dernière lettre, on entendait le glas de la rupture. Voilà une histoire d'amour terminée comme une conversation téléphonique, la demoiselle demande :

— Terminé ?

— Terminé, dit l'un.

— Non, non! crie l'autre.

Coupé! le mot « fin » s'inscrit sur l'écran, pendant que les deux silhouettes s'éloignent dans deux directions opposées, une fin aussi banale que possible.

La nuit avançait. Justin alla retrouver la chambre, le lit de Blanche. Il se coucha et resta un bon moment à regarder cette boîte en bois précieux, avec les portes ouvertes sur la terrasse et les deux petites fenêtres dans leur embrasure, derrière les rideaux courts qu'il avait oublié de tirer. La pluie avait cessé de tomber et lorsque Justin éteignit, la lune se coucha en carrés obliques sur le tapis. Curieux comme de sentir sous son doigt le chiffre, BH, brodé sur les draps, donnait une réalité à Blanche, la matérialisait. Mais, perdant pied, Justin s'abîma dans le sommeil.

Le soleil remplaçait la lune, l'or l'argent, et Justin, réveillé, sortait de bras amoureux, avait sur les lèvres le goût de lèvres et dans tout le corps des échos du plaisir... Dans ce soleil, il ramena pudiquement les couvertures au menton. Voilà qu'il se mettait à avoir des rêves érotiques! Rien d'étonnant, tout seul dans cette maison, avec ces lettres... En ouvrant le secrétaire, il avait débouché un flacon dont le parfum remplissait la maison, vous portait à la tête...

Il songea que c'était dimanche, Mme Vavin ne viendrait pas. Avec le beau temps, il y aurait beaucoup de monde partout, sur les routes, dans les restaurants. Qu'allait-il faire aujourd'hui?... Jardiner, peut-être?

Le jardin était détrempé, Justin s'essaya néanmoins à retourner la terre lourde de la plate-bande qui longeait le mur, mais c'était du mauvais travail qu'il faisait là. Il rentra se changer, se laver... Mangea un morceau, debout dans la cuisine. Alla s'installer dans la bibliothèque, feuilleta de vieux magazines. Dans l'après-midi, Justin lisait encore paisiblement des contes de Maupassant,

mais vers le soir, il sentit nettement un malaise...
Qu'est-ce qui n'allait pas avec lui? Mais rien!
Tout allait fort bien. Seulement... Seulement, il
s'ennuyait! Il était parfaitement reposé, ses
vacances touchaient à leur fin, et il en avait assez
et du repos et des vacances. Le volume de Maupassant poussé parmi ses frères, Justin s'empara de
Trilby. Qu'avait-il à tricher avec lui-même, à
faire celui qui ne s'y intéressait qu'en passant,
distraitement? Quand *Trilby* était déjà sa chose,
quand il voulait en faire un film!

Tendrement, il avait pris le livre sur ses genoux.
Un livre bleu foncé, vieillot, cartonné, entoilé,
doré sur tranche, le titre et l'image en creux sur
la couverture, dorés. A l'intérieur, un beau papier
épais, jauni :

TRILBY

A NOVEL

by

George du Maurier

author of « Peter Ibbetson »
with 121 illustrations by the author

MDCCCXCV

1895... L'année de naissance de la mère de Justin.
Et alors? Non, rien... Un petit signe. Justin allait
avoir quarante-deux ans et sa mère était morte
quand il en avait douze. Il se rappelait comment
elle lui racontait l'histoire de Trilby... Ils étaient
assis dans le parc, sous le grand tilleul, sa mère

brodait et parlait... *Trilby* n'était déjà plus alors
le roman à la mode qu'il fut à sa parution, mais sa
mère racontait cette histoire comme si la chose
venait de se passer, comme si c'était dans les journaux du jour qu'elle avait appris un incroyable
scandale arrivé la veille : la Svengali, la plus extraordinaire cantatrice du monde entier, s'était
soudain arrêtée de chanter au beau milieu de son
concert, devant une salle comble, s'était reprise,
s'était mise à chanter faux et avait été emmenée
dans le plus grand des désarrois... Pendant qu'elle
chantait, dans une loge, en face d'elle, Svengali,
son mari, cet homme étrange, succombait à une
crise cardiaque. Or, la Svengali, privée de son
regard, n'était plus qu'une pauvre fille affolée...
Elle était redevenue la belle, la simple, la magnifique Trilby. La mère de Justin tirait l'aiguille,
et racontait l'histoire de sa voix monotone et
sourde... « La reine démente des rossignols, disait-
elle, ne savait plus chanter... »

Le petit Justin au col marin avait les joues en feu.
Toujours la réalité et le fantastique s'étaient mêlés
dans sa tête, l'empêchaient de dormir la nuit...
Lorsque son père se trouvait là, la musique enva-
hissait la grande maison campagnarde, et pour
Justin que l'on couchait tôt, les murs se levaient
comme les rideaux de théâtre, le laissant tout petit
et sans défense dans un monde qui venait sur lui
en vagues immenses, le submergeait, le noyait...
Qu'avait-il imaginé en écoutant sa mère, des
rapports entre elle et son père ? Toujours est-il que
l'histoire de Trilby se ficha en lui telle qu'il l'avait
entendu raconter par sa mère qui brodait sous le
grand tilleul... « Maman, raconte-moi encore une
fois l'histoire de Trilby... » Et sa mère, docile, se

remettait à lui raconter l'histoire. Mais, avant de trouver ce volume dans la bibliothèque de Blanche, Justin ne l'avait jamais lue... Trilby, rencontrée entre ces pages, était pourtant une vieille amie, et il avait pour elle cette tendresse que l'on éprouve pour des amis d'enfance : même si on n'y a pas souvent pensé, ils font partie de notre vie.

Cela se passait vers les années 1850. Quartier Latin, grisettes et chapeaux hauts de forme... Trois Angliches viennent à Paris étudier la peinture. Ils y font connaissance de la grande Trilby qui est modèle, une brave et bonne et splendide créature qui pose pour « l'ensemble » en toute innocence et en toute simplicité. Il avait fallu qu'elle rencontrât l'amour pour s'apercevoir de sa propre nudité et perdre ainsi son paradis. Celui qu'elle aime et qui l'aime est un des trois Angliches, Little Billee, un Britannique appartenant à « la meilleure société des classes moyennes », comme le dit l'auteur, souriant, résigné et navré... Il a une bien jolie manière de transcrire l'accent anglais en français et l'accent français en anglais, ce du Maurier, elle ferait pâlir M. Queneau lui-même! *Little Billee*, par exemple, cela donnait *Litrebili*, mais je *prends*, par contre, donnait *je prong*! et la phrase : *Voilà l'espayce de hom ker jer swe!* se déchiffrait : *Voilà l'espèce d'homme que je suis!*

Justin Merlin rêvait... *Trilby* était en vérité un scénario tout fait. Ce que l'auteur disait longuement, de façon si précise, entrant dans tous les détails physiques et moraux, décrivant les lieux et les gens et les mœurs, était ce dont un metteur en scène pouvait avoir besoin pour bien comprendre son sujet, ses héros, l'époque. Ces détails devaient être présents dans l'image, Justin n'avait qu'à les transcrire sur l'écran suivant la description qui en était faite. Il imaginait le quartier Latin de l'époque avec ses ateliers d'artistes, le travail et les fêtes... Paris, et les promenades champêtres..., Barbizon, les peintres en blouse et en sabots, avec des grands chapeaux de paille, des panamas... C'est là que Little Billee — Litrebili! — aurait voulu vivre avec Trilby, aux côtés de Millet, Corot, Daubigny..., ses pairs. Car si Little Billee était encore à ses débuts, ce petit bonhomme si bien élevé, si respectable, si bien tenu et si joli avec ses cheveux noirs et ses yeux clairs, allait devenir un grand parmi les grands.

Justin imaginait Little Billee à la porte d'un grand atelier, bouleversé de chagrin et de honte d'y apercevoir devant des dizaines d'hommes, Trilby, posant toute nue... S'ils ne le savaient pas encore, ils apprirent ainsi qu'ils s'aimaient... Ah, se disait Justin, il ne faut pas que je perde l'humour de du Maurier quand cela va tourner à *La dame aux camélias*, avec la mère de Little Billee et l'homme d'église, son oncle, qui vont débarquer à Paris de leur province anglaise, pour faire connaissance de la jeune fille dont leur fils et neveu veut faire sa femme.

Mais je n'y suis pas encore... D'abord, l'amour... L'amour qui transforme Trilby, cette fille qui aurait fait un *garçon singulièrement beau*... Justin Merlin lisait avec une attention, une curiosité passionnée la description de Trilby, transformée par l'amour : ...*Elle devenait plus mince, particulièrement de visage, où les os des joues et de la mâchoire commençaient à se dessiner, et ces os étaient construits sur des principes si justes (de même que l'étaient ceux*

de son front, de son menton et de son nez) *que l'amé-*
lioration était étonnante, presque inexplicable.

Avec l'été qui s'en allait, elle restait moins en plein
air, et avait perdu ses taches de rousseur (Elle avait
des taches de rousseur, comme Blanche! « Comme
c'est ennuyeux, on ne doit plus savoir où vous
embrasser! » écrivait Raymond, et Justin était
ému par cette ressemblance). *Et elle avait laissé*
pousser ses cheveux, et les ramassait en un petit
chignon dans la nuque, et montrait ses petites oreilles
bien plates et qui étaient charmantes, et juste à la
bonne place, très en arrière et assez haut : Little
Billee lui-même n'aurait pas pu les placer mieux.
Et aussi sa bouche, toujours trop grande, prit une
courbe plus ferme et plus douce, et ses grandes dents
anglaises étaient si blanches et si régulières que les
Français eux-mêmes leur pardonnaient d'avoir ces
dimensions anglaises. Et une nouvelle et douce
clarté s'était allumée dans ses yeux comme personne
ne l'y avait encore jamais vue. C'étaient des étoiles,
deux étoiles jumelles grises — ou, plutôt, des planètes
tout juste lâchées par un nouveau soleil, car cette
permanente lumière tamisée qu'elles donnaient ne
leur appartenait pas entièrement...

...Le type de Trilby, lisait Justin, *aurait été infi-*
niment plus admiré de nos jours que dans les années
cinquante. Il y avait un singulier contraste entre son
type et celui que Gavarni avait popularisé au Quartier
Latin à la période où nous écrivons, si bien que ceux
qui tombaient volontiers sous son charme se deman-
daient avec étonnement pourquoi c'était ainsi...

Oui... A l'époque de Brigitte Bardot, Justin
Merlin ferait apparaître une Vénus de Milo. Grande,
la taille à peine marquée, sur la large poitrine des
seins ronds ni trop grands, ni trop petits... Mais

non, pas Junon! Vénus, je vous dis, Vénus. Les attaches pas trop fines, et la beauté des mains, des pieds... Du Maurier longuement parle de la perfection des pieds de Trilby, merveilleusement il en parle...

A l'écran, il n'y aura pas à la décrire, il n'y aura qu'à la montrer, n'est-ce pas... Justin Merlin chercherait et trouverait cette Vénus, il la montrerait, elle serait belle à vous couper le souffle... Seul Svengali *parlera* de la beauté de Trilby... Un Juif allemand au nom italien, un musicien génial, un « chat-araignée », tantôt misérable, tantôt riche, et toujours horrible. Un personnage menaçant, sinistre, de mauvais augure, qui continuellement croisait le chemin de Trilby, se mettait entre elle et le soleil et projetait sur elle son ombre... Lui aussi s'apercevait de l'adorable métamorphose qui se produisait en elle, et il le lui disait...

...*Trilby! Comme vous êtes belle! Cela me rend fou! Je vous adore! Je vous préfère amaigrie; vous avez de si beaux os! Pourquoi ne répondez-vous pas à mes lettres? Comment! Vous ne les lisez pas? Vous les brûlez? Et moi qui, moi — nom de Dieu!... Je n'y pensais pas! Les grisettes du Quartier Latin ne savent ni lire ni écrire; tout ce qu'elles ont appris, c'est à danser le cancan avec des sales petits porcs-chiens que l'on appelle des hommes... Sacrédieu! Nous, nous allons apprendre aux petits porcs-chiens-singes à danser autre chose, nous, les Allemands. Nous composerons pour eux une musique qui les fera danser! Boum! Boum! Et les grisettes du Quartier Latin verseront leur* betit fin blanc, *comme le dit votre Porc-chien-singe, votre sale* verfluchter *de Musset « qui a derrière lui un si bel avenir! » Bah! Que pouvez-vous savoir de M. Alfred de Musset ? Nous aussi nous avons un poète, ma Trilby. Son nom est Heinrich Heine. S'il est encore vivant, il vit à Paris, dans une petite rue près des Champs-Élysées. Il reste au lit toute la journée, et ne voit que d'un œil, comme la comtesse Hahn-Hahn, ah ! ah ! Il adore les grisettes françaises. Il s'est marié avec l'une d'entre elles. Son nom est Mathilde et elle a des pieds adorables, süsse Füsse, comme vous. Il vous aurait adorée, vous aussi, pour la beauté de vos os ; il aurait aimé les compter un à un, parce que lui aussi est un homme qui aime jouer, un plaisantin, comme moi. Et, ah ! quel beau squelette vous allez faire ! Et très bientôt, parce que vous ne souriez pas à votre Svengali fou d'amour. Vous brûlez ses lettres sans les lire !...*

Justin lampait et lapait et lipait les pages où des personnages de chair et de sang suivaient leur destin, il les sentait venir sur lui dans un cinérama hallucinant. Une étrange confusion se faisait dans son esprit : Blanche et Trilby se fondaient en une seule et unique femme... C'est à Blanche qu'écrivait l'affreux, le génial, le malpropre, le mystérieux Svengali, et elle brûlait ses lettres, à moins que Justin ne les retrouvât dans la corbeille, avec les autres. C'est Blanche qui avait les pieds les plus adorables du monde, et des yeux gris, deux planètes jumelles, et des os parfaitement beaux.

Mais, montant de la nuit des temps, de la jeunesse de Justin, une troisième femme venait s'insinuer entre les deux autres. Il était très jeune alors, et elle s'était mariée avec un autre. Depuis des années, maintenant, Justin couchait avec une femme qui n'était ni jeune, ni belle, mais qui l'aimait d'un amour fidèle, tenace. Elle avait une vie indépendante, de l'intelligence, du talent, savait être là quand il le fallait, ne pas l'encombrer. Seul le rêve était absent de cette union, un cocon dont jamais ne sortirait le papillon. Mais le monde est immense, Justin pouvait rêver, non pas ailleurs, mais à autre chose... Seulement aujourd'hui, cette allusion à Heine, comme s'il était encore vivant, et le fait que le génial et atroce Svengali citât ces *süsse Füsse...* les vers mêmes que dans son jeune désespoir Justin s'était jadis répétés, et qui avaient accompagné sa douleur comme le bruit des roues accompagne le train.

Allnächtlich im Traume, seh ich dich,
Und sehe dich freundlich grüssen,
Und laut aufweinend stürz ich mich
Zu deinen süssen Füssen...

Ces vers faisaient remonter des bulles du fond marécageux de l'oubli, comme si quelque chose y vivait encore, n'était pas tout à fait asphyxié...

Il mettait en scène le mélodrame, l'arrivée de la mère de Little Billee à Paris, et les deux amis de celui-là embarrassés par ses questions... oui, Trilby était une blanchisseuse de fin, oui, elle était modèle! Grands dieux! Et voilà que Trilby apparaît en personne et elle renonce à Little Billee, puisqu'on lui dit qu'elle va ruiner sa vie...

La scène où Little Billee arrive en criant : « *Trilby, où est-elle ? — qu'est-elle devenue ?... Elle s'est sauvée... oh!* » Cette scène Justin Merlin la mime, la crie presque... Little Billee perd connaissance, il a comme une crise d'épilepsie, il délire...

*...Il n'arrive jamais rien d'autre que l'imprévu.
Pazienza!* Il fallait montrer comment l'amour
balaye tout, toute une vie de conventions, de conve-
nances... Comment là où fut l'amour, et où ce feu
ne brûlait plus, tout était tari, desséché, mort,
l'herbe même n'y poussait plus... *Songez au peu
de place que tiennent les événements dans la vie des
hommes, s'ils ne sont pas soutenus par le cœur et
l'esprit...* Ne voilà-t-il pas que Justin citait Raymond, le correspondant de Blanche! La suite?
Pazienza, pazienza!... Il s'agissait maintenant
de mettre de l'ordre dans cette première partie.

Justin écrivait, notait, il suivait ses personnages,
les choisissait dans la foule proposée par du Maurier, il marquait les points culminants, les scènes
qui devaient y être... Il irait fort, très fort : Justin
Merlin était son propre producteur, il pouvait aller
où il voulait et aussi loin qu'il voulait.

Et pendant tout le temps qu'il travaillait,
Trilby avait les traits de Blanche... Parce que
maintenant, c'était ainsi : c'était Trilby qui ressemblait à Blanche... *Pazienza!* Elle finirait bien par
tourner vers lui son visage.

Des jours et des nuits... Justin Merlin vivait
entièrement avec ses personnages.

Cinq ans se passent. Little Billee sort d'une
longue convalescence dans son pays, entre sa mère
et sa sœur, et déjà il est célèbre. Les paysages du
Devonshire, se disait Justin Merlin, qui, dans l'enfance, y avait été avec sa mère, les paysages du
Devonshire, vastes, verts, vides, rendraient l'état
d'âme de Little Billee, ce néant en lui. A qui, se

demandait Justin Merlin, s'en ouvrirait-il, lui, le solitaire, le secret, le petit Anglais moyen, correct et génial ? Au chien de la jolie voisine. Oui, au chien, c'est un bon interlocuteur pour Little Billee. Justin écrivait le monologue : *Je pense à Trilby*, dira par exemple Little Billee, *j'y pense toujours et sans émotion. Il me semble qu'on m'a enlevé une partie du cerveau pour des buts expérimentaux, je ne ressens rien d'autre que de l'inquiétude au sujet de ce curieux phénomène qu'est cette indifférence pour toute chose au monde...* Il ne l'avoue à personne, même s'il s'ennuie pendant les garden-parties et les petites soirées musicales, auxquelles assiste la jolie voisine, la jeune lady, amie de sa sœur... Devant lui, il n'y a que le vide, dans un terne et permanent crépuscule. Et puis, un jour, William Bagot, *alias* Little Billee, ouvre ses ailes et vole vers Londres où l'attend la gloire. Justin Merlin imagine les adieux, les chevaux qui attendent devant le perron, les domestiques...

Londres, le succès, le grand monde, et toujours l'indifférence. Justin Merlin ne connaissait cela que trop bien, il savait comment s'y prendre pour montrer un de ces salons où l'on papote et fait des grâces autour d'un homme célèbre... C'est là que deux hommes des plus adulés, Little Billee et un autre peintre non moins connu, jouent côte à côte au bilboquet, sans mot dire... Mais avant de se séparer, et comme en continuant une conversation animée, Little Billee pourrait dire : « *J'ai déjeuné aujourd'hui avec deux de mes meilleurs et de mes plus vieux amis... Si j'avais aperçu sous la table la mèche allumée d'une bombe, je n'aurais pas fait un mouvement ni pour sauver mes amis, ni pour me sauver moi-même...* » — « *Il y a la peinture* », dira l'autre.

« *Il y avait la peinture...* », dira Little Billee. Et ils se sépareront. Une jolie scène...

Et puis, voilà une soirée musicale dans une des plus splendides maisons de Londres... Justin se rappelait encore les réceptions en l'honneur de son père, en Angleterre. Les mélomanes parlent d'une femme admirable qui est apparue voilà deux ou trois ans à l'horizon de la musique, une cantatrice devant qui s'inclinent en extase les plus grands artistes et les têtes couronnées, à qui on jette des fleurs, des bijoux et des cœurs à la pelle, une chanteuse comme jamais il ne pourrait plus y en avoir... La Svengali! Et comme la musique est la dernière chose qui réussisse encore à traverser l'indifférence de Little Billee, il écoute cela avec intérêt, et l'idée qu'un jour il pourrait entendre cette voix divine, lui fait décider de ne pas se tuer avant de l'avoir entendue.

Justin Merlin vivait avec *Trilby.* Il savait tout d'elle, et dans les grandes lignes, et dans les détails. Qu'allait-il en livrer au film ? Il commençait à choisir. Combien il était reconnaissant, à du Maurier, de lui montrer Trilby, devenue la Svengali, qui s'avance sur la scène, quand dans toute la maison de Blanche il n'y avait pas une photo, et les miroirs eux-mêmes, lorsque Justin passait devant, semblaient baisser les paupières pour lui cacher le reflet de Blanche...

...*Une femme de haute stature, drapée dans une sorte de tunique grecque en étoffe d'or, brodée d'ailes d'oiseaux grenat ; ses épaules et ses bras nus étaient neigeux, elle portait sur la tête une petite couronne d'étoiles, ses abondants cheveux châtains attachés dans la nuque descendaient dans le dos presque jusqu'aux genoux, une chevelure comme on en voit aux femmes assises de dos dans les devantures de coiffeurs, réclame d'une quelconque lotion pour les cheveux...*

..Son visage était mince et avait une expression plutôt hagarde, malgré sa fraîcheur artificielle; mais ses contours étaient divins et son caractère si tendre, si humble, si touchant dans sa simplicité et sa douceur, que l'on fondait en la regardant. Jamais ni avant, ni depuis on n'avait vu une apparition aussi magnifique et séduisante, sur aucune scène ou tribune...

Ce qui dérangeait Justin, c'étaient ces cheveux châtains et longs... Blanche était blonde, elle était or et argent, et elle avait les cheveux courts. Dommage, mais elle devait avoir les cheveux courts. Pour le reste, c'était elle, c'était la Svengali, c'était Trilby. Blanche allait tourner la tête de son côté! Il allait la voir... Mais il fallait que Justin s'arrêtât de travailler, déjà il avait des battements de cœur, et dans la tête un brouillard. On ne se rend pas assez compte qu'un travail comme celui-là, c'est une performance sportive, exténuante comme les Six-Jours. Il lui fallait, avant les scènes de la fin, faire une halte et prendre ensuite son élan d'un coup...

Lorsque Justin sortit dans le jardin, il put voir dans le jour déclinant les premières roses! Déjà? Mais combien de jours et de nuits avait-il passés avec Trilby, avec Blanche? Il se sentait les jambes molles, il était moulu... Mieux valait aller ailleurs, changer d'air. Il eut soudain envie de voir des gens, d'entendre du bruit, des voix, des pas... Justin rentra se raser, s'habiller. Il mit sa chemise préférée, un veston de cachemire bleu, confortable... Il était content, il lui semblait que cela marchait, il était en pleine euphorie. Rasé, l'auréole bien peignée et même le pli au pantalon, ce qui ne lui arrivait pas souvent, Justin, sa pèlerine sur le bras, s'en fut dans le garage. Il irait dîner à l'auberge du *Cheval Mort.*

Un monde fou! Juste ce qu'il lui fallait. Des femmes élégantes, des hommes, des chiens... Une musique douce, venant, semblait-il, des murs, à peine une couleur, un mélange de parfum et de cigarettes... Ce que c'est joli, les femmes! Des Parisiennes que celles-là, presque toutes tête nue, la taille fine, les seins hauts — c'est comme ça qu'ils se portent cette année — des rangs de perles en cascade sur une peau qui commence à brunir, chaussures pointues et longues, petites vestes courtes comme des boléros, et des coiffures bombées, en boule, qui leur font une grosse tête ronde, des têtes en boule de gui... Mais comme-ci ou comme-ça, elles sont toujours ravissantes, elles s'arrangent pour... Une belle fille blonde coulait vers Justin un œil luisant, avait-elle reconnu Justin Merlin ou était-ce gratuit? D'ailleurs, en quoi serait-ce mieux que cela fût à sa personne que s'adressent ces manèges plutôt qu'à Justin Merlin? Justin Merlin était une création à lui, c'était toujours sa personne. Qu'est-ce que c'était que d'être aimé pour soi-même? Justin Merlin était encore plus lui-même que ne l'étaient ses lèvres et le reste. Ce nom, il n'en avait pas hérité, il l'avait fait lui-

même. Alors... Il souriait à la belle enfant à travers la fumée de sa pipe, et le cavalier de la dame
n'en prenait nullement ombrage, il était fier de
sortir une si jolie personne, il était jeune et ne ris-
quait donc rien ; l'âge mûr ne pouvait lui porter
ombrage. Elle était indiscutablement jolie, mais
Justin Merlin ne cherchait pas une Marilyn Monroe,
mais une Vénus de Milo. Il avait déjà commencé
à regarder les femmes de ce point de vue. Justin
mangeait comme quatre, Antoine tenait à le servir
lui-même, avait choisi pour lui un Châteauneuf-
du-Pape exceptionnel, il connaissait la cave de la
maison et il ne s'agissait pas d'offrir à M. Merlin
les vins les plus chers, mais les meilleurs. Pour
le café, Justin déménagea au Bar, après un dernier
regard à la jolie fille un peu déçue...

Au Bar, on n'y voyait pas à travers la fumée, et
la rumeur des voix s'entrechoquait avec le cliquetis
des boules de billard qui venait d'à côté, où il devait
aussi y avoir beaucoup de monde, à juger par le
bruit qu'on y faisait. Lorsque Justin vit apparaître
le baron, plus hâve encore que la dernière fois et
positivement un clochard, il eut un peu honte de se
sentir repu et congestionné. Le baron porta les
doigts à son béret et Justin Merlin se souleva pour,
du geste, l'inviter à sa table. Le baron vint le saluer,
mais se dit pressé, s'informa seulement auprès
d'Antoine s'il n'y avait pas de lettres pour lui, et
s'en fut.

— C'est la fin des haricots, commenta Antoine,
apportant le café, il n'a plus d'adresse et se fait
écrire ici, chez nous. Il est à la porte de son château :
on y a mis les scellés... Vous ne devineriez pas où il
loge...

— Non... Où ?

— Au *Camping du « Cheval Mort »*! Dans le premier abri permanent, celui que l'on voit quand on arrive par la route... C'est pas une adresse pour le facteur!

— Dans le sabot?

— Comme vous dites, monsieur Merlin! Depuis hier, il fait bon, mais ça ne tiendra pas, c'est moi qui vous le dis, mes jambes, ça ne trompe pas... Le baron, on ne sait jamais, s'en sortira peut-être, quand même c'est dur à son âge.

Justin imagina le *Camping* dans la nuit noire. Lui, il y aurait eu peur seul parmi toutes ces tentes vides, chacune une cachette...

— C'est dur, — répéta Antoine, versant la framboise, — pour un homme comme lui qui n'a pas l'habitude... Je le vois encore ici, pendant la chasse, avec la dame qui l'a fait sortir de ses gonds. A mon avis, elle n'avait rien de bien sensationnel. Il est vrai que je ne l'ai jamais vue qu'en costume de chasse, on dirait un garçon...

— Blonde?

— Quand elle enlevait sa casquette... oui, très blonde.

— Décolorée?

— Oh, non, naturelle... Les fausses blondes ne sont jamais aussi blondes, à moins d'être platinées... Très, très blonde.

— Grande?

— Vous m'en demandez trop, monsieur Merlin! Une femme habillée en garçon, ça trompe...

— Pas de signes particuliers?... Antoine, vous êtes un homme distrait!

— Honnêtement, monsieur Merlin, je ne l'ai pas tant regardée! Pendant la chasse, ce n'est pas imaginable le monde que nous pouvons avoir ici...

Au-dessous de tout, Antoine. Voilà quelqu'un qui a rencontré Blanche, et qui ne l'a pas regardée! Mais Antoine, comme s'il avait senti la déception de ce client de marque, ajouta :

— Aimable, ça oui... Pas difficile, et une bonne fourchette, pas le genre poule qui trouve tout mauvais et mange du bout des dents. Il est vrai, la chasse, ça vous creuse, quand on chasse vraiment, comme cette dame... Vous m'excuserez, monsieur Merlin, on m'appelle... Un monde, aujourd'hui, et c'est comme ça depuis le déjeuner, ça n'arrête pas...

Bref, il n'y avait rien à en tirer. Justin laissa l'argent sur la table et sortit... On étouffait là-dedans, il avait déjà perdu l'habitude de la fumée, du bruit, de l'alcool. Il aurait aimé rentrer à pied, prendre l'air, mais que faire de la voiture, et puis c'était bien trop loin...

Blanche n'avait rien de bien sensationnel... On pourrait aussi bien ne pas la remarquer, c'est aussi ce qu'il avait lu dans une des premières lettres... Mais bien sûr, c'était le *B* majuscule qui le disait à Blanche! Et pourtant, et pourtant... Trilby non plus n'avait rien d'extraordinaire, une belle fille, c'est tout... Et pourtant... Parfois, il suffit du regard d'un homme, des circonstances, pour sortir d'un être son génie... Et cela devient fantastique. Le fantastique de Trilby n'était pas celui de Blanche. Qu'avait-elle de fantastique, Blanche? Son désir d'aller dans la lune? Cela n'avait aujourd'hui plus rien de fantastique, bientôt tout le monde s'y habituerait... Des phares aveuglèrent Justin, tout un train de voitures qui venait à sa rencontre, on avait dû ouvrir le passage à niveau... Oui, elle n'avait rien de surnaturel, Blanche. Si ce n'est la force de sentiments qu'elle provoquait.

Comme Trilby. Un pouvoir que nous ne savons pas encore expliquer. « *Avez-vous jamais rencontré quelqu'un qui ne vous aurait pas aimée ?* » *Les yeux de Trilby se mouillèrent d'un plaisir tendre, si joli était ce compliment. Et puis, après quelques minutes de réflexion, elle dit, avec une candeur engageante et très simplement : « Non, je ne peux pas dire que j'en ai jamais rencontré, en tout cas, je ne peux pas m'en souvenir, tout de suite. Il est vrai que j'ai oublié tant de gens !* » Justin Merlin connaissait vraiment *Trilby* par cœur...

Il était tard. Le village, complètement noir, dormait. Tout compte fait, cela n'a pas été désagréable de rouler à travers la forêt, dans les champs... Il gara la voiture et entra dans la cuisine, directement par le garage. Un verre de whisky ne pourrait lui faire que du bien... Drôle, cette absence de frigidaire chez Blanche. Et de radio. Elle avait dû les déménager. Le charme surnaturel... Justin, la bouteille et un verre à la main, s'en fut à la bibliothèque et s'installa dans le fauteuil rouge... Peut-être si lui, Justin, avait su aimer avec assez de force, le surnaturel aurait-il fait apparaître Blanche dans la porte de sa chambre, en haut des marches. Justin regardait la porte. Une femme avec une longue chemise de nuit blanche, un châle sur les épaules... Elle détourne la tête, on ne voit que son profil perdu, sa petite oreille plate...

Justin piqua du nez et se réveilla. S'il ne voulait pas s'endormir dans ce fauteuil pour de bon, valait mieux qu'il se couche.

Le matin, comme il regagnait la bibliothèque et se mettait à son bureau, il y trouva bien du désordre... Ces derniers temps, depuis qu'il s'occupait de *Trilby*, il avait poussé la corbeille aux lettres de côté. Or, des lettres, en voilà, au beau milieu du bureau. Avait-il la veille renversé la corbeille? Pourtant, elle était toujours à la même place, avec les papiers au même niveau, semble-t-il. Il est vrai que la veille, il avait pas mal bu et mangé, il avait même failli s'endormir dans le fauteuil rouge. D'ailleurs, puisque ces lettres au milieu du bureau étaient là, il fallait bien que cela fût lui qui les y avait mises. Voyons plutôt ce que c'est, et si les amoureux de dame Blanche avaient quelque chose d'autre à dire... Justin Merlin cherchait visiblement un prétexte pour ne pas s'occuper de *Trilby* séance tenante. Il faisait celui qui ne s'intéressait pas à elle, il s'en détournait, ne la regardait pas... Pour mieux s'en saisir! Il allait ensuite d'un bond lui sauter dessus, écrire les dernières scènes.

Mercredi.

Chère Madame,

Je suis sûr que cette lettre va vous décevoir (de quoi, mon Dieu?), aussi j'ai peur de l'écrire. Pourtant je ne la recommencerai pas, et si je la relis, ce ne sera que pour l'orthographe.

Très chère petite Madame, merci de l'exaltation que vous m'avez apportée, merci d'être venue à Strasbourg et d'être telle que vous êtes, merci des mille choses indéfinissables que je ressens depuis hier et qui élèvent singulièrement le débat de mon existence.

Tout ceci, tous ces cadeaux que peut-être vous estimez peu de chose, je vous en ai une reconnaissance que j'éprouve, moi, sans bornes.

Je suis rentré, hier, de Belfort, avec des envies de crier ma joie, sauvagement — rançon de la timidité.

Ma voiture faisait un petit 65 et moi, très chère Ma-
dame, du 210 — au moins, comme vous voyez.

Mais essayons de faire le point, quitte à reperdre
la boussole plus tard. Je vous ai vue quatre fois à
peine. Je vous ai trouvée — non, pas de description —
— je vous ai trouvée très sympathique, et cela doit
vous sembler parfaitement naturel. A moi aussi —
mais, par la suite, cela est devenu miraculeux.

J'ai l'impression — depuis quand exactement ?
mais qu'importe — de m'être aventuré, non, d'avoir
bondi délibérément sur un terrain, où le raisonnement,
la logique, la pesanteur sont abolis, où le vertige et
les excès de vitesse sont de rigueur. Alors, concluons
(je vois que mon essai de mise au point est un lamen-
table échec).

Il n'y a pas de conclusion. Je crois que je vous
aime, mais je ne vois pas du tout ce que cela pourra
faire. Je ne sais pas davantage ce qui pourrait en
résulter pratiquement, et je suis en ce moment à une
altitude bien trop considérable pour m'en soucier. Je
m'étais promis d'écarter le mot amour et ses dérivés
(comme je tiens bien mes promesses !), peut-être
parce que ce mot a trop été galvaudé, peut-être parce
que, s'adressant à vous, il prend une vigueur nou-
velle, une force tellement péremptoire que j'hésitais à
l'employer pour peindre des choses qui n'ont que peu
de jours, d'heures même, d'existence.

Je termine. Cette lettre n'est déjà que trop incohé-
rente. Qu'allez-vous en penser ? Vous n'en rirez pas,
je le sais. Mais peut-être en sourirez-vous gentiment.
Vous allez me trouver jeune, romantique. Et pourtant,
je n'ai jamais été si soucieux d'être objectif, de ne pas
dépasser ma pensée.

Peut-être aussi allez-vous la considérer avec sévé-
rité. Car, enfin, elle manque totalement de retenue.

118

Elle contient des choses excessives que quatre rencontres et une demi-heure d'intimité dans un cadre vulgaire autorisent à peine à dire. M'en voulez-vous, Blanche ?

J'aurais, douce Madame, encore tant de choses à vous dire. Je ne sais pas exactement lesquelles... Mais je voudrais d'abord que vous me disiez — bientôt, n'est-ce pas ? — ce que vous pensez de celle-ci. Car, et c'est pourquoi il n'est question ici, avec une complaisance exagérée, que de moi, de mes sentiments, je ne sais presque rien de vous et ne puis, en ce qui vous concerne, que formuler des souhaits, d'humbles souhaits, celui, par exemple, que vous me permettiez de regarder encore d'autres fois, vos yeux, ces yeux dont je connais maintenant la couleur, à ne plus l'oublier...

Tom.

Justin soupira, chercha l'enveloppe — le cachet disait en rond : 12-10-52. Deux ans après Raymond, après combien d'autres encore... Tous les amoureux de Blanche n'étaient pas en même temps ses correspondants, il devait y en avoir encore d'autres, qui n'écrivaient pas...

Strasbourg, jeudi.

Merci de votre lettre, très chère Madame, où vous brossez de vous-même rien qu'une ébauche, puisque vous omettez d'importants détails, par exemple votre douceur, cette terrible douceur, dont vous êtes aussi irresponsable que... mettons, la colchique de ses principes toxiques.

J'ai failli venir à Paris le dimanche qui a suivi votre départ. De très méprisables contingences m'ont empêché de le faire. J'en suis resté atterré comme devant de l'irréparable. Dans huit, dans quinze jours vous m'aurez oublié, n'est-ce pas, chère Madame ?

Je m'en attristerai, mais j'aimerai ma tristesse.

(En manière de parenthèse : depuis cinq minutes je m'aperçois que je suis très heureux. Avant, j'étais d'humeur plutôt chagrine. Merci, Blanche, de ce cadeau que vous me faites, que je vous prends de force, après tant d'autres. Est-ce que les honnêtes femmes ne devraient pas non plus faire des cadeaux ?)

J'ai à peine revu Henri, le soir même de votre départ, et j'ai pu lui dire que le rapide de Paris vous avait emmenée, casée dans un coin près de la fenêtre, avec un retard (miraculeux) de trente-cinq minutes. Mais je crois qu'il ne s'est pas aperçu que mes pieds avaient quitté le sol, et que j'étais chargé d'un potentiel électrique prodigieux. Les hommes manquent singulièrement de clairvoyance.

Je suis retourné il y a trois jours à l'endroit où la première fois j'ai senti qu'il y avait, de moi à vous, quelque chose de subtil. Je veux parler de la route de Paris, et du chemin où nous fîmes quelques pas à pied. Bien qu'accompagné d'un camarade, je suis arrivé, avec la complicité de l'ambiance, à me hausser à l'état d'âme que je recherchais. Pardonnez ces égarements lamartiniens.

Je serais peut-être à Paris dimanche en huit, me permettez-vous de confirmer par lettre ou télégramme, et de me présenter chez vous vers onze heures du matin ?

Une prière encore, très indiscrète : me ferez-vous connaître votre numéro de téléphone et les heures auxquelles on a quelque chance de vous atteindre sans vous déranger ? Vous voyez, chère petite Madame, qu'insidieusement, après la couleur de vos yeux, j'essaie de capter le son de votre voix !

J'ai l'impression que cette lettre est stupide et va vous déplaire. Je préfère m'arrêter là... C'est qu'il

y a dans ce que vous êtes pour moi, beaucoup d'indi-
cible et d'intraduisible...

A bientôt, chère...

Tom.

Pauvre Tom... Il a voulu venir à Paris, courir
après son amour... *De très méprisables contingences
m'ont empêché de le faire...* Pauvre Tom, lui aussi
sans le sou, probablement, juste son salaire. Au
fait, que faisait-il dans la vie, Tom, le provincial, et
combien province! Justin se mit à parcourir les
feuillets bleutés, couverts d'une écriture un peu
désordonnée, une écriture d'intellectuel...

*... Je sais, je sais que cette date du 7 novembre,
passée avec vous à Paris, alimentera mes rêves pendant de longs jours. Cela prend ou semble prendre
pour moi des proportions fantastiques (ce n'est pas
de l'emballement, Blanche, ce serait plutôt de la su-
perstition). Je pense que c'est encore une façon de vous
« garder ».*

*Soyez convaincue, avant tout, Blanche chérie, que
je ne cherche pas à prendre dans votre vie une place
encombrante. Je voudrais seulement que vous accep-
tiez, que vous tolériez cette... chose. Blanche, daignez
accepter, je vous en supplie, ce cadeau d'un sentiment tout neuf et n'ayant pas encore servi, que je vous
fais...*

*... J'allais vous parler de moi anecdotiquement.
Mais je m'aperçois que chaque fois que j'aborde ce
sujet, je m'attriste. Ma vie est tellement proche du végé-
tement. Qu'aurais-je à offrir au Seigneur (si ça
continue comme ça, dans pas bien longtemps), lorsqu'il me rappellera à lui ? Quelques milligrammes
d'acides nucléiques, point dangereux pour lui. (D'ail-*

leurs, je ne me soucie point de faire des cadeaux au
Père Éternel...)

Qu'est-ce qu'il était donc, Tom? Attaché à la
recherche scientifique, un chimiste qui travaille
dans un laboratoire ou quoi? Voici une lettre de lui
qui se présente différemment... Un papier à en-
tête... « *Le Select* » *Bar américain*... Justin sauta
des pages, elle était interminable cette lettre, écrite
visiblement dans la nuit, avec les heures marquées
où cela se trouvait...

1 heure et demie.

*... Je veux prolonger, accordez-moi ce luxe, ces
dernières minutes passées ensemble, jusqu'à l'aube.
Je veux encore me croire, jusqu'au lever du soleil,
au début de quelque chose, croire que vous êtes entrée
dans ma vie pour ne plus en sortir, que vivre sans
Vous m'est matériellement impossible, que les Réa-
listes sont d'affreuses vieilles filles qu'il ne faut fré-
quenter qu'avec une extrême circonspection. Je boirai
autant de whisky qu'il faudra pour cela...*

Justin eut du mal à déchiffrer la suite... Douze
pages au moins de divagations... non pas de divagations, c'était une lettre d'amour, voilà tout. Tom
semble avouer qu'il boit du whisky au-delà de la
raison, le garçon vient de temps en temps voir si
son client n'est pas sous la table, et s'en va rassuré...
Mais la nuit avance :

4 heures·

*... je garde pour moi le droit imprescriptible de
vous aimer tant que cela me plaira. Ah, Blanche, est-ce
au gris du ciel que vous avez pris la couleur de vos*

yeux ? (un Viandox — la verse pour un ! — crie le garçon).

Mais je vous promets de ne pas vous importuner de mes cris. Pour vous, je veux être (tant qu'il vous plaira, et même au-delà) l'ami dont on n'a pas besoin, que l'on oublie, ou qu'on sent très proche, mais qui est toujours là, disponible et discret comme un infirmier de service. Mais tout cela ne se révèle qu'à l'usage. Essayez-moi. Je vous jure, Blanche que j'aime, qu'on ne fait pas mieux comme ami. Je consomme si peu aux 100 km. Je suis d'un entretien facile (10 lignes tous les deux mois), docile comme une Ford. Je dois ajouter cependant que l'on ne me construit pas en série.

Acceptez donc, mon cher amour, cette amitié que je vous offre, non pas comme un pis-aller, mais comme un cadeau pratique, pliable, portatif (qui tient aisément dans un sac à main).

Je vais de ce pas déposer ces insanités au whisky chez votre concierge, elle doit déjà être levée, cette femme. Après quoi, je m'acheminerai vers la gare de l'Est.

Une suprême fois, Blanche adorée, laissez-moi vous dire mon amour sans espoir et cependant plein de clarté. Quoi qu'il arrive, je vous dois une reconnaissance infinie.

Tom.

Chère Madame,

Merci de votre lettre. Elle remet admirablement les choses et moi-même à leur place. Je le constate sans amertume ni reproche.

Mais je viendrai à Paris dimanche prochain. J'ai besoin de vous voir. Où et quand vous voudrez.

Sincèrement vôtre,

Tom.

Justin repoussa son fauteuil avec humeur. Il se sentit solidaire de tous ces hommes dont Blanche tirait les ficelles. La lettre de Tom lui rappela qu'il pourrait prendre un verre de whisky, ce qui lui ferait du bien avant de déjeuner. Il s'en fut à la cuisine. Ces quelques lettres étaient un digest du roman de Raymond : rencontre, coup de foudre, absence ; deuxième rencontre, l'amour montant à l'extase ; couperet. Fin. Blanche a été cette fois plus rapide, plus expéditive, et elle a eu aussi le bon goût de ne pas coucher avec son « correspondant ». Un romantique, un provincial. Un de ceux qui montent à Paris, pas tous comme Rastignac, et, une fois débarrassés de leur provincialisme, ne singent plus, mais « sont », et apportent leur terreau au sol de Paris. Blanche a dû le rencontrer chez des amis pendant un voyage à Strasbourg où elle est allée pour n'importe quelle raison, voir ces amis, par exemple. Tom s'est trouvé sur son chemin.

Y avait-il une « recherche scientifique » à Strasbourg ? Peut-être, il y avait une Université, des professeurs... Tom pouvait être un de ces héros qui meurent de maux encore inconnus, eux-mêmes inconnus comme le soldat sous l'Arc de Triomphe. Un de ceux à manches de lustrine dont parle le « gérant du Luna-Park » de Blanche, Charles Drot-Pendère, et qui meurent sans tambour ni trompette, ni fleurs ni couronnes, en ouvriers de la science. Justin se sentait une sympathie très chaude pour ce Tom lucide devant ce qui lui arrivait, sachant bien que Blanche le laisserait très vite moisir dans son coin. Mais peut-être était-ce mal la connaître ?

Son verre de whisky à la main, Justin retourna à la bibliothèque, alluma confortablement sa pipe...

En somme, ces « documents humains » ne valaient pas un bon roman bien fait. Pour les sanctifier, il faudrait l'art. Justin Merlin s'abîma dans des considérations sur l'art. Un jour, quand il ne fera plus de films, il écrira comment on les fait. Comment on les faisait de son temps. Il y avait maintenant le Cinérama, comment accommoderait-il le Cinérama, qu'est-ce qu'il allait en tirer? Ce n'était pas pour demain, mais Justin regrettait déjà le vieil outil dont il s'était servi si longtemps et qui disparaîtrait un jour. Son art subissait le progrès comme une fatalité. Aucune différence entre le cinéma et l'aviation : on ne peut pas faire du cinéma et ne pas suivre le progrès. Est-ce une chance que d'être écrivain et de n'avoir affaire qu'au langage avec lequel on est né, et avec lequel on se transforme tout au long de la vie, naturellement. A l'écrivain, on ne lui colle pas soudain la couleur, un écran élargi, les trois dimensions... Justin pensa aux trois dimensions et, aussitôt, une excitation impatiente le fit se lever, marcher de long en large... Tout de même, il aurait bien aimé essayer!

Justin sortit dans le jardin, sur la route, dans les champs... L'écrivain, songeait-il, restera toujours avec ses mots, qu'il écrive avec une plume d'oie, sur une machine à écrire ou au dictaphone. Le moyen de transmission de sa pensée ne compte pas, ce qui compte, c'est la pensée et son expression avec des mots, où il pouvait y avoir de l'anticipation ou de la prophétie... cela dépend de quel point de vue on voit la chose. Tout ici était le résultat du génie créateur... tandis que lui, le cinéaste, il dépendait de la situation technique du cinéma, de la science.

En approchant de l'usine de matières plastiques, et sans liaison avec cette circonstance, Justin Merlin songea que la sculpture pourrait bien subir des transformations avec l'apparition de matières nouvelles, et les mouvements qu'on sait infliger par le radar aux corps inanimés. La sculpture marchera, tournera, dansera... La musique aussi s'élargissait avec l'invention d'instruments nouveaux et l'affinement de l'oreille qui coupe les sons comme des cheveux... Il n'y avait décidément que l'écriture qui se défendait, collant à l'homme comme sa peau, sans intermédiaire. Justin s'enfonça dans un petit taillis, tomba sur un terrain à décharge et rebroussa chemin.

Rentré à la maison, il musa un moment au-dessus du bureau, alla pousser et ouvrir des portes... Il se sentait vacant, n'avait envie ni de reprendre *Trilby*, ni... Ni, rien. Cela venait peut-être de ces lettres, de Tom. En fait, Justin était brouillé avec Blanche et pour cela d'humeur maussade. Tout à fait comme s'il avait une femme et s'était disputé avec elle! Blanche ne pouvait pourtant venir lui demander pardon, même si elle était en faute... Finalement, Justin s'en fut au garage et sortit sa DS. Juste pour fouetter le temps comme une toupie avant qu'elle ne tombe. Il éprouvait le besoin de remonter le mouvement qu'il sentait faiblir en lui, mourir, il fallait faire vite!

Le soleil, le vent... Après avoir fait quelque trois cents kilomètres, Justin mangea de bon appétit dans une guinguette au bord de la Seine, et rentra à la nuit, ravi de sa journée et de la permission qu'il avait enfin de se coucher, puisqu'il faisait nuit.

Justin était maintenant prêt à reprendre le travail. *Trilby* l'appelait et il était impatient de la retrouver avec des forces nouvelles. Mais comme il s'installait devant le bureau, orné d'une bouteille de whisky, il avait machinalement plongé la main dans la corbeille à lettres, et ramené quelques feuillets attachés ensemble... Tiens! voilà revenue l'écriture de Pierre Labourgade, le journaliste...

Blanche, ma petite fille, je ne rentre pas. Je t'entends d'ici : « Et alors ? En quoi cela me regarde-t-il ?» Mais ne te fâche pas comme ça! J'ai simplement toujours cette idée que je dois t'indiquer mes déplacements pour le cas où tu aurais besoin de moi. On m'a proposé de faire un tour en Amérique du Sud, je me suis laissé tenter et, à peine débarqué, sans rentrer à Paris, j'ai repris le bateau...

Eh bien, en voilà un qui s'émancipe! Blanche n'avait peut-être pas tort de ne point prendre au sérieux cet amoureux... Ah, à l'intérieur de la lettre pliée en deux, il y avait un télégramme... Même deux télégrammes...

adresse-toi de ma part dr jaffé pierre labourgade
adresse-toi de ma part maître garçon pierre labourgade

Cela venait de Rio. Et voilà une autre lettre du même Pierre Labourgade :

Blanche, je t'ai télégraphié hier et aujourd'hui. Je ne comprends rien, je suis affolé. Comment t'es-tu trouvée aux Champs-Élysées au moment de la manifestation ? Pourquoi les flics t'ont-ils tapé dessus ? Qui est ce garçon à qui on a cassé le bras ? J'ai reçu une lettre désordonnée de Michel, c'est par lui que je l'ai appris, et je t'ai aussitôt télégraphié. Je suis au comble de l'inquiétude. Il m'est impossible de rentrer avant un mois, on ne m'a pas payé un voyage en Amérique du Sud pour que je fiche le camp le lendemain de mon arrivée. Blanche, je suis fou d'inquiétude. Je t'en supplie, télégraphie immédiatement, écris... Es-tu gravement blessée ? Que dit le docteur ? Adresse-toi sans faute au Dr Jaffé, avec lui on est tranquille, quand il n'est pas sûr de lui-même, il t'envoie à un spécialiste. Es-tu inculpée de quelque chose ? C'est une histoire de fou ! Adresse-toi en ce cas à maître Garçon, comme je te l'ai télégraphié. Mon Dieu, avec toi, pas un instant de tranquillité, quand tu n'es pas en l'air, tu trouves moyen de rendre la terre aussi dangereuse pour toi que les airs.

Blanche, mon amour, que t'est-il arrivé ?

Pierre.

Qu'était-il arrivé à Blanche ? Justin aurait bien aimé le savoir, lui aussi. Et il ne voyait pas d'autres lettres de Pierre Labourgade, du moins à la surface... Justin prit l'enveloppe jaune, commerciale, qui faisait partie du petit lot contenant les deux

lettres et télégrammes de Pierre Labourgade...
Un feuillet de papier quadrillé, couvert d'une écriture malhabile :

Chère Madame Blanche,

*Je viens vous donner de mes nouvelles comme pro-
mis. Ils nous ont gardés jusqu'au matin, vous avez
eu de la chance de sortir si vite. J'aimerais bien vous
revoir, Madame, je vous raconterais la fin de l'histoire. Je sors de mon travail à six heures tapant. Je
vous espérerai tous les jours.*

Jacquot.

La fin de l'histoire... Justin aurait bien aimé la
connaître, et depuis le début. Il sortit un autre
feuillet d'une enveloppe commerciale, semblable
à la première :

*Il n'y a pas à dire, madame Blanche, cette fois-ci
vous êtes allée au-devant des ennuis. Comment vous
sentez-vous ? J'ai bien cru qu'ils allaient vous laisser
pour morte sur les pavés ! Georges a le bras cassé. Mais
ça n'impressionne pas autant parce qu'on ne com-
prend pas tout de suite si on ne voit pas couler le
sang. Tandis que vous, le sang coulait sur votre robe
claire, c'était terrible. Ah, madame Blanche, on s'en
est vu avec vous ! Vous étiez dans les pommes depuis
le faubourg Saint-Honoré jusqu'au boulevard Males-
herbes, on croyait que vous passiez. Pour une bande
de vaches, c'est une bande de vaches... Je suis allé
chez vous à l'adresse que vous m'avez donnée, quai
aux Fleurs, comme vous m'avez dit de le faire, et
j'ai aussi envoyé le télégramme. J'ai rapporté le
courrier et je l'ai donné à l'infirmière, je pense que
vous l'avez reçu. Je me suis permis d'y ajouter un*

petit bouquet de violettes. On s'est rencontré par hasard,
madame Blanche, dans un panier à salade, mais
on ne se laissera pas tomber, pas vrai ?
  A la vie, à la mort,

                                    Jacquot.

Justin était aussi étonné qu'avait dû l'être Pierre
Labourgade. Qu'est-ce que Blanche était allée
faire aux Champs-Élysées, par deux fois, un jour
de manifestation ? Pas de date à l'intérieur, sur
les lettres, et illisible sur l'enveloppe. A ne rien
y comprendre. Blanche ne s'occupait pas de politique, il n'y avait nulle part, ni dans la maison, ni
dans les lettres à elle adressées, la moindre allusion,
la moindre trace d'un intérêt quelconque pour la
politique. De Gaulle ou pas, la Hongrie, l'Algérie,
tout cela semblait le cadet de ses soucis... Et la
voilà ramassée avec des manifestants dans un panier
à salade, au commissariat, à l'hôpital ! Justin se
sentait littéralement inquiet. Il ramena quelques
lettres du panier, ne trouva rien qui aurait eu trait
à cette histoire, ne s'intéressa pas aux mots d'amour
qui couvraient les pages et sortit dans le jardin,
déçu. Il ne pensait plus à Trilby.
Le ciel bleu de Blanche se déroulait jusqu'à
terre... Justin marchait sur le gazon envahi par
des pâquerettes sauvages, le bouton d'or. Il avait
apporté avec lui son verre de whisky. L'année
prochaine, il faudrait refaire le gazon à neuf,
retourner la terre, resemer... Pourquoi Blanche
avait-elle été à cette manifestation ?... Cela lui
brouillait son image. Justin n'était pas content
de lui-même, il n'avait pas le temps de s'occuper
de Blanche, c'était à Trilby que devait aller toute
son attention... Il entendit la grille s'ouvrir et se

refermer, signalant l'arrivée de Mme Vavin. Un chat se promenait sur le haut du mur, levant les pattes comme un cheval de cirque qui fait le pas espagnol... Le lierre, vert foncé sur un fond uniformément bleu, lisse, demandait à être taillé... Justin était en train de suivre des yeux le chat, le lierre grimpant au mur, quand se produisit une chose inouïe...

Sur le haut du mur apparurent des têtes, des épaules... des hommes en kaki, armés de bêches... Pendant qu'ils sautaient dans le jardin, d'autres étaient en train d'enjamber la grille côté champs... En plus des bêches, les yeux écarquillés de Justin aperçurent entre leurs mains des boîtes en fer-blanc, portant l'inscription : « DYNAMITE » ; certains avaient sous le bras des petits poteaux blancs, des sortes de bornes... Aucun de ces hommes ne semblait s'apercevoir de la présence de Justin Merlin, aucun ne regarda de son côté. Au même moment, Justin entendit la voix querelleuse de Mme Vavin, se croisant avec une basse bien posée... Les voix montaient, et Mme Vavin cria : « Au secours!... » Justin s'élança. Au portillon, Mme Vavin, toutes ses plumes noires piquetées de blanc, hérissées, gonflées, repoussait des deux mains un homme en chapeau mou et pardessus correct.

— Monsieur Merlin! hurlait Mme Vavin, ils veulent faire sauter la maison!

— Prenez ça... — dit Justin, passant à Mme Vavin son verre de whisky qui l'avait bêtement embarrassé depuis le début de ces scènes de cauchemar : — Alors, Monsieur?

L'homme enleva son chapeau mou :

— Désolé, Monsieur, dit-il, on nous a affirmé que la maison n'était pas habitée... Permettez-

moi de me présenter : Jacques Melpat, ingénieur
auprès de la Compagnie de Pétrole de X... Nous
faisons des sondages et nos recherches passent par
la propriété de Mme Hauteville, la vôtre actuelle-
ment, à en croire cette personne à votre service.
La Compagnie de Pétrole est reconnue d'utilité
publique et bénéficie de certains droits... Du point
de vue de l'intérêt national...

— Je me fous de l'intérêt national, dit Justin
Merlin, cramoisi, on n'entre pas chez les gens comme
des gangsters, des brigands, des bandits. C'est
impoli. Montrez-moi vos papiers... Et je vais de
ce pas prévenir les gendarmes...

— A votre guise, Monsieur. Allez-y donc.
On évitera une perte de temps considérable. Si
jamais vous trouviez que mes papiers n'étaient
pas en règle... D'ailleurs, s'il y a des dégâts, je
vous dis tout de suite que vous serez dédommagé.
La Compagnie ne chicane pas là-dessus.

— Je vous emmerde, dit Justin Merlin, c'est
tout ce que je peux faire, votre bande est trop nom-
breuse. Je ne suis pas Fanfan la Tulipe. Mais vous
êtes le Ku-Klux-Klan ou apparenté. Je m'en vais
chercher les gendarmes.

Justin Merlin fit bien du cent soixante, mais la
gendarmerie n'était pas à côté. Et de toute façon...

— Ils sont dans leur droit, dit l'adjudant-chef,
nous n'y pouvons rien, absolument rien... Je vous
comprends bien, Monsieur... Mais nous n'y pouvons
rien. Faites faire un constat par huissier... C'est
comme ça, Monsieur! Oui, je vous comprends
bien... Non, absolument rien...

Sur le chemin du retour, Justin écrasa une poule. Blanche avait raison d'y aller, même les mains nues, contre les flics. Quelle que fût la raison, elle était bonne. Ces hommes en fonte, ces casse-têtes, ce mur hilare, certain de vaincre et qui vous vient dessus comme les roues d'un char... On n'était devant eux que des poules. L'impuissance... Justin faillit se jeter dans un mur qui se dressa devant lui après un tournant, évita de justesse un camion haut et long comme un autre mur, et continua à filer. Il imaginait Blanche que l'on poussait dans une voiture noire, il imaginait le commissaire et ceux qui étaient les plus forts... Justin Merlin était un homme très calme, on aurait pu compter les fois où il avait perdu le contrôle de lui-même : lorsqu'il avait appris qu'Elle s'était mariée quand il ne se doutait même pas qu'il y eût un autre homme dans sa vie ; puis, au Stalag... ; et la dernière fois, il y avait déjà plusieurs années, dans le bureau de son producteur. Depuis, il finançait ses films lui-même.

Il retrouva son calme dans la voiture. Heureusement. Qu'aurait-il fait sans cela en voyant le jardin... Plus trace de gazon, de pâquerettes, de myosotis, ni même d'allées... De la terre déchiquetée, des trous béants qui se touchaient, des trous noirs, la terre en grosses mottes, et, plantés ici et là, des poteaux blancs comme les croix d'un cimetière militaire tout frais... Plus de rosiers, plus de plates-bandes... Le gros tilleul et les buissons de lilas montraient leurs racines à nu... Dans ce désordre et cette désolation traînaient des boîtes en fer-blanc, vides, avec leurs étiquettes : « Dynamite ». Un paysage de guerre. Justin arrivait après le combat, il n'y avait plus personne dans le jardin ruiné. Il entra dans la maison.

Dans la cuisine, M ᵐᵉ Vavin pleurait au-dessus de la lessiveuse, si fort que ses bras et son tablier semblaient mouillés de ses pleurs et non d'eau de lessive.

— Il paraît qu'ils sont dans leur droit, dit Justin, et cela lui fit du bien d'entendre les imprécations et les malédictions que cela déchaîna chez Mᵐᵉ Vavin.

— Le droit, criait-elle à tue-tête, le droit! Quand on est à quinze contre un, on a tous les droits!... A quoi ça sert d'avoir des gendarmes, je vous le demande? A arrêter des pauvres types! Une Société anonyme, bien sûr, des anonymes, ça ne se laisse pas prendre... Tous de mèche, tous! Ah non, le gros avec son chapeau... Ça ne doute de rien... Les anonymes, ça ne craint rien, allez donc les chercher...

Avec de gros sanglots, Mᵐᵉ Vavin se sauva dans le garage. Elle ne se dominait plus. Justin regarda la porte, la lessiveuse, et alla retrouver la bibliothèque. Sa fureur était tombée. La glace dans son cadre d'étain lui renvoya son visage blême. Le ciel aussi était d'étain.

Justin s'assit dans le fauteuil rouge. On aurait dit que c'étaient les vieilles nouvelles de l'arrestation de Blanche qui avaient déclenché toute cette folie. Blanche n'en sortait que plus vivante, plus présente... Leurs ennuis étaient de la même sorte. Justin Merlin, épuisé par la colère, finit par s'assoupir dans le fauteuil. La pipe éteinte au bout de son bras tomba sur le tapis...

Il fut réveillé par des hurlements! Se dit que les autres étaient revenus, attrapa la première chose qui lui tomba sous la main — un petit buste de Diderot en bronze, lourd — et courut dans le jardin...

Cela se passait de l'autre côté de la grille, dans l'ouverture du mur donnant sur les champs. Au premier plan, un groupe compact de ces mêmes gaillards bottés qui avaient saccagé le jardin, se tenait d'un côté du champ ; en face, déployés en rang, des paysans armés de fourches... Entre les uns et les autres, il y avait la largeur du champ vert et tendre. Tout ce monde criait! Le ciel d'étain était bas, avec une étroite fente lumineuse suivant l'horizon, en demi-rond. Les gaillards bottés avancèrent d'un pas ; les paysans levèrent leurs fourches, criant des injures. Les autres firent encore un pas et leurs bottes se posèrent sur la verdure tendre. Les paysans qui, eux, se tenaient au bord du champ comme au bord de l'eau, le contournèrent par une manœuvre naturelle, spontanée, se divisant en deux groupes, et ils couraient maintenant, les fourches en avant, pour prendre les autres de droite et de gauche, sans écraser le blé... Les gaillards aussitôt se mirent à filer à travers le champ par le milieu, aussi vite que leurs jambes pouvaient les porter, et disparurent rapidement dans les buissons en bas du champ légèrement galbé. Les paysans ne les poursuivirent point, et, appuyés sur leurs fourches, regardaient les autres déguerpir... Les jurons, les cris se calmaient comme le tonnerre d'un orage qui s'éloigne. Lentement, les fourches sur l'épaule, se retournant fréquemment, les paysans s'éloignaient eux aussi, et finalement disparurent.

Justin respira... Il avait serré le petit buste de bronze qu'il tenait par la tête, avec une force telle que le nez de Diderot lui était entré dans la paume.

Excité d'une excitation vivifiante, il allait et venait dans le jardin. Mme Vavin était sûrement partie, autrement le vacarme l'aurait fait sortir de la maison. Il alla quand même voir à la cuisine et se rappela qu'il n'avait rien mangé depuis la veille. La journée, avec ses événements, lui sembla soudain d'une longueur démesurée. Mme Vavin n'était en effet plus dans la cuisine, mais elle avait laissé un petit feu sous la lessiveuse, donc elle reviendrait, apporterait de quoi manger. Brave Mme Vavin, se disait Justin, mordant sans attendre dans un bout de pain avec du fromage, un gros sandwich comme au bistrot. Ces silhouettes à sabots, les piques des fourches, une véritable scène de révolte paysanne... Ils n'ont pas laissé faire les gangsters, pas permis de transformer leur champ emblavé en paysage de guerre, non! Les gaillards avaient trouvé à qui parler, ils n'étaient pas les plus forts partout. Et si je laissais là Trilby, si je m'occupais de Jacquou-le-Croquant? La magnifique histoire! Le film de ma vie! Peut-être moins disproportionné par rapport à la marche du monde que le fantastique romanesque de Trilby? Justin avala son verre de rouge, et d'un pas précipité retourna à la bibliothèque.

Il y trouva rapidement *Jacquou-le-Croquant*... En fait, c'était de l'avoir vu ici, dans la bibliothèque de Blanche, qui le lui avait remis en tête. C'était encore Blanche, subitement revenue sur terre de ses parages lunaires, qui lui soufflait le thème.

Justin s'assit devant le bureau de notaire. L'auréole derrière sa tête flamboyait du bouillonnement intérieur. Quel coup de fouet il avait reçu! Le livre d'une main, le stylo de l'autre, il commençait à prendre des notes...

C'est au beau milieu d'une débauche d'écriture, vers le soir, que Mme Vavin frappa à la porte de la bibliothèque...

— Monsieur Merlin!

— Qu'est-ce que c'est, madame Vavin?

— Une lettre, Monsieur...

Une lettre? Qui pouvait lui écrire ici, personne ne connaissait son adresse. Sauf son homme d'affaires. Des embêtements, sans doute...

Mme Vavin entra, la lettre à la main :

— C'est une lettre retournée à l'expéditeur, monsieur Merlin. On peut dire qu'elle a voyagé! Des adresses sur l'enveloppe, regardez-moi ça! Il paraît que le destinataire est parti du dernier endroit sans laisser d'adresse... Ils font leur travail, les postiers, dans tous les coins du monde! Je vous la donne? Le facteur l'a apportée ici, vu que c'est ici l'adresse de l'expéditeur... J'ai eu beau dire que Mme Hauteville n'habitait plus la maison, il dit qu'à la poste on ne savait pas où la chercher, et que la lettre irait au rebut... Alors je l'ai prise... Mais vous ne voulez pas manger, monsieur Merlin? J'ai vu que vous n'avez touché à rien... Vous allez vous rendre malade! Vous avez su, je parie, ce qui s'est passé dans le champ, derrière? Moi aussi j'en suis encore toute retournée... Mais il faut manger quand même!

— Je n'ai pas faim, madame Vavin, j'ai mangé un morceau... A demain, madame Vavin, je suis un peu fatigué...

Justin la poussait légèrement vers la porte qu'il ferma derrière elle, les yeux sur la lettre. L'enveloppe était couverte d'adresses barrées, réécrites, rebarrées... Tout ce qui restait de lisible était le nom du destinataire, au milieu : *Monsieur J.-L.*

Hauteville. Et à l'envers de l'enveloppe : *Exp.*
Blanche Hauteville, Pierce, S.-et-O. Blanche écrivait à son mari! Le cachet... Le cachet disait :
1957... le reste, illisible... De toute façon, la lettre
avait dû voyager pendant plus d'un an! Une
grande écriture droite et dansante, une encre
blême ou blêmie par le temps. Justin, toujours
debout près de la porte, tourna machinalement
la clef... Il allait commettre la dernière et la plus
grave indiscrétion : un coupe-papier étroit, en
métal tranchant, un coupe-papier de Blanche,
fendit l'enveloppe très proprement. Justin en sortit
plusieurs feuillets. Un papier pour machine à
écrire... la même encre blême et la grande écriture dansante et très lisible... Il allait lire la lettre
que Blanche écrivait à son mari, et c'était angois-
sant comme d'ouvrir un télégramme qui risque
d'apporter des nouvelles tragiques...

Pierce, le 15/3/57.

    Mon ami,

    C'est comme une catastrophe de chemin de fer.
Il s'est trouvé que j'ai pris ce train-là. Maintenant
imaginez le mineur enseveli dans sa mine et qui
n'attend plus de secours. C'est encore moi. Moi,
en plein air, avec le ciel et le soleil, avec la vie et les
gens autour. J'ai connu l'agonie de l'angine de
poitrine, mais qu'est-ce en comparaison avec l'ago-
nie de l'âme.

    Mais oui, on a embarqué tout le monde. Au com-
missariat, cela a été comme on ne le montre pas dans
les films. Moi, on m'a laissée partir très vite, et ces
messieurs étaient même ennuyés de m'avoir cueillie
si maladroitement. Un jeune garçon m'a demandé
de passer chez lui pour prévenir qu'il était arrêté.

Je l'ai revu depuis. Et je suis retournée aux Champs-Élysées, cette fois parce que j'ai voulu. A un certain moment, je me suis trouvée prise dans un tourbillon, projetée en avant, j'ai eu le nez sur le drap d'un uniforme, à en voir le grain, il me grattait le visage, et puis une main m'a repoussée, les doigts écartés sur ma joue, pour me taper dessus de l'autre. Ils m'ont laissée sur les pavés, bien mal en point.

Depuis, je suis toujours contre le drap de la vareuse. Une découverte de quelque chose qui est de notoriété publique. Comment on fait les enfants. Que la terre est ronde.

Curieux. Il doivent avoir des visages. J'essaie de les reconnaître dans la rue. Mais ils ne sont pas marqués au front. Peut-être sont-ils beaux comme Marlon Brando. Ils mangent, se lavent, vont au théâtre, achètent des timbres-poste... Il y en a sûrement qui ont sauvé une petite fille qui se noyait pendant une baignade, en villégiature. Ils vont en villégiature. Les croisés, les inquisiteurs, les bûchers et les oubliettes, les écartelés et ceux à qui on a crevé les yeux au fer rouge... Comment de nos jours où la cuisine est à l'électricité, peut-on crever les yeux au fer rouge ? Vous rappelez-vous le « Supplice du juge prévaricateur » que nous avons vu ensemble dans le musée de Bruges ? Il est couché sur une table et autour de lui des hommes attentifs, des spécialistes, sont en train de l'écorcher vif, comme on ne le fait pas avec un bœuf que l'on tue d'abord. Il a déjà une jambe rouge, décortiquée, la peau en est enlevée comme un bas... Et le visage de ce criminel est sanctifié par la souffrance. Ses juges à lui sont calmes et sans merci. Ils font leur devoir. Vous rappelez-vous ce tableau admirable ? Moi, jamais je ne l'ai oublié... L'humiliation par la nudité, l'im-

puissance, et même pas le choix de mourir. Vous rappelez-vous la différence entre le visage du juge sur le tableau où on l'arrête, et celui où on le torture ? Un mauvais homme et un saint... C'était au XVᵉ siècle. J'imagine un Congrès de tortionnaires de nos jours, venant de tous les côtés de monde pour échanger leurs expériences. Il y aurait des écouteurs à chaque siège et la traduction simultanée en cinq ou six langues. Des journalistes, des photographes.

Pourquoi ne puis-je pas imaginer les visages des congressistes ? Puisque chacun a un visage et qu'ils ne portent pas de cagoule. Ni d'étoile jaune. Ma concierge un jour m'a apporté un petit chat qu'elle avait pris sur l'appui de la fenêtre, au rez-de-chaussée de la maison voisine, dans la loge, parce que la concierge de la maison voisine battait son chat. Il avait l'arrière-train paralysé par les mauvais traitements. Tout doux et mou entre mes mains. Je l'ai mis sur un coussin et je lui ai apporté du lait. Il ne voulait pas rester sur le coussin, il se mettait sur le parquet, sur le dur. Je le remettais sur le coussin, il se traînait sur le parquet. Je m'excitais, j'avais des battements de cœur, j'ai dû faire un effort sur moi-même pour ne pas lui faire du mal, lui tordre le cou, le jeter contre le parquet, le mur... Il était si faible, impuissant et têtu entre mes mains, je sentais son squelette, je pouvais tellement en faire n'importe quoi. J'en ai fait un gros et beau matou, dont j'ai dû ensuite me séparer parce qu'il faisait des saletés dans l'appartement, et encore en me regardant dans les yeux avec insolence. Ceci n'est pas une image. Je vous raconte cette étrange tentation que j'ai eue, en le sentant si doux, si soyeux, si faible entre mes mains.

Il y a ceux qui risquent leur vie. C'est facile d'exalter

ce courage, mais je ne vois pas de raison de le faire. Ceux qui ont choisi ce jeu par goût doivent être heureux d'avoir l'occasion d'y jouer. Cela fait des gangsters dans la vie civile et des héros dans la guerre, une petite guerre dans un coin ou un autre. Eux-mêmes s'exaltent à y jouer, fiers de pouvoir exiger d'eux-mêmes plus que ne ferait une bête, la volonté humaine au-delà de n'importe quelle souffrance physique. Ils disent ne pas avoir de haine pour ceux qu'ils combattent... Alors, pourquoi ? Pourquoi ne vont-ils pas à l'échafaud, n'affrontent-ils pas n'importe quelles souffrances physiques ou morales pour ne pas y aller ? Drot-Pendère dit : l'ennui, le goût de l'aventure... Qu'ils aillent donc se faire pendre dans la lune ! Avez-vous jamais essayé de leur demander pour qui, pour quoi ils se sacrifient ? Moi, j'ai essayé... Ils ne savent pas y répondre. Ce n'est ni la France, ni une idée, ni un être. Je vous dis, moi, que c'est parce qu'ils ne savent à quoi appliquer leur force. Comme un écrivain qui aurait du talent et rien à dire. Des bandits au grand cœur ? Croyez-vous que ce soit possible de vivre dans l'atroce, l'inhumain, le surhumain sans perdre le sens de l'humain, de ce qu'un homme peut supporter dans les limites de l'humain ? Ils perdent ce sens, ils perdent le nord. Je n'ai rencontré chez eux qu'un seul culte : celui de la camaraderie. Scellée par le sang. C'est payer trop cher un sentiment humain. Qu'ils aillent donc explorer les grottes et les cimes et les espaces interstellaires ! Donnez-leur cette viande crue ! Occupez-les comme des gosses, sans quoi ils se mettront à faire des bêtises.

Voyez-vous, mon ami, je commence à penser que trop de santé physique engendre des maladies mentales, et les hommes et les femmes physiquement beaux me sont d'emblée suspects, comme le type sémite l'est pour les antisémites. Ce n'est pas vrai que dans un corps sain, l'âme soit saine... Nous ne sommes pas au paradis et, sans l'innocence, les perfections physiques, le bon fonctionnement de tous les organes mènent à la bestialité. Ne m'objectez pas la cruauté, perfidie et ruse des nabots qui se vengent de leurs tares physiques... ceux-là aussi sont les victimes des autres, des trop bien portants.

Mon cher et merveilleux ami, il m'est promis un voyage dans un Luna-Park encore sans visiteurs, je vis déjà à moitié dans la réalité des astres et de l'infini, et voilà que je glisse sur une merde. Pire, j'y reste avec les misérables, les chiffes, les ignobles lavettes que nous sommes tous, même pas incommodés d'y rester. Mais quand nous irons dans le bleu chercher le feu du ciel, peut-être alors, s'il y a un bon Dieu, le ciel nous tombera-t-il sur la tête. A moins que, venant des profondeurs des espaces, des êtres pensants, et admirables comme nous ne le sommes pas, viennent à notre rencontre, creusant de leur côté un tunnel dans le bleu, et qu'ils nous apprennent à vivre et à être heureux.

Bref... Je vais partir. Pas encore là-haut. Le pétrole m'intéresse. On en cherche autour de Paris, j'ai vu les petits poteaux blancs de la Compagnie du Pétrole dans la forêt et le long des routes. Je vais aller où l'on voit le mieux tourner les moteurs mis en marche par des hommes qui font tourner en bourrique le monde. On m'a donné un avion. Une compagnie privée que la modicité de mes exigences a décidée à faire fi de mon cœur... Mon palmarès est excellent, n'est-ce pas. Je vais aller voir de près « les olympiques des souffrances ». Et je m'ennuie d'avance, tant je sais déjà de quoi c'est fait, tant les éléments en sont simples, comme si nous étions à l'âge de pierre, comme si le vol lui-même n'était encore que de l'imagination des sorcières. Ce ne sont pas les mêmes qui volent, et qui créent les appareils.

Peut-être serai-je le pauvre petit Icare qui tombe et disparaît dans l'eau ou le sable, parmi l'indifférence générale... Le pêcheur continuera à pêcher, le laboureur à labourer, le berger regardera le ciel et les moutons eux-mêmes tourneront le dos à l'épave... Tant pis, j'aurai essayé. Je suis un pilote d'essai.

Mon ami, en attendant l'autre voyage, ne m'en veuillez pas de vous abandonner pour celui-là. Il me faut absolument voir leurs visages. Voir s'ils sont marqués au front. Si on peut les reconnaître dans la rue. Ils sont là où il y a la guerre. Là où il y a la guerre, il y a toujours la souffrance humiliée de l'homme. Le sang appelle le sang et c'est le triomphe du plus fort. Je me trouverai dans les parages où le désert vient lécher les frontières de la Libye et de la Tunisie... Dans le désert où naviguent les nomades, des tribus secouées par la guerre, dans le sable sans frontières. De là, j'irai où je pourrai. Il me faut savoir... Sans quoi j'aurais trop peur. Trop, trop peur, affreusement peur.

Je vous serre sur mon cœur malade — et tu sais bien, mon chéri, que tant que je vivrai je te demanderai de chanter.

Blanche.

La feuille tremblait dans la main de Justin. Cette lettre n'était pas arrivée à destination... Où était-il, le mari de Blanche ? Qui était le mari de Blanche ? Quelle sorte d'homme ? Quel était son métier, que faisait-il dans la vie ? *Tant que je vivrai je te demanderai de chanter...* Qu'est-ce que cela voulait dire ? C'était comme si Blanche avait su que lui, Justin, vivait avec Trilby dont un homme avait fait la reine démente des rossignols..., c'était comme si elle disait de façon à le lui faire savoir à lui, Justin, que dorénavant c'était elle qui tirerait des hommes... non, d'*un* homme la beauté du chant. Mais elle n'avait besoin pour cela que de simplement exister et de rien d'autre! Elle n'était pas une Svengali, ses forces n'étaient point occultes... C'est pour la séduire que le rossignol lancerait les plus vertigineux de ses trilles. Et cette allusion à Icare! N'avait-il pas pensé, lui aussi, à Icare, n'avait-il pas pensé qu'aujourd'hui Icare était femme? Et voilà que Blanche, clairement, décrivait *La chute d'Icare* de Brueghel, et c'était là comme de juste un des tableaux que Justin aimait particulièrement! Il l'imagina, il imagina la petite jambe d'Icare, en l'air, sortant de l'eau, à peine visible sur le tableau, on ne la voyait que si on savait qu'elle était là, dans ce monde indifférent pour lequel un homme s'était tué. Et si Blanche tombait avec son avion ou son parachute dans la mer de sable, au milieu de la guerre? Quelle sorte de mort l'attendrait? *Quand nous irons dans le bleu chercher le feu du ciel...* Encore une fois, la disproportion entre sa raison de vivre à lui, et l'immense, l'infini... Mais cette fois-ci c'était avec l'immensité de la peur de Blanche qu'il avait à se mesurer, la réelle, la terrible peur sans métaphysique. Pendant que lui s'occupait de Trilby! Blanche le battait, continuellement, sa peur était raisonnable, juste, devait être sentie et exprimée par **tout** être vivant, normal. Justin se sentit soudain vidé de toute pensée, de tout but, de sa passion pour son travail. Il n'était qu'une lavette, qu'une chiffe de ne pas être incommodé par la merde dans laquelle il vivait comme tout le monde. Il se leva lourdement, posa la lettre soigneusement remise dans une enveloppe sur le bureau de Blanche, songea qu'elle l'avait probablement écrite ici même, et sortit... Pour aussitôt rentrer : la vue du jardin saccagé, ravagé, lui était intolérable. Il ne savait que faire de son corps, quoi devenir. Peut-être fermer les rideaux dans la chambre et essayer de dormir ? D'abord prendre un bain, puis dormir. Il alla jusqu'à la salle de bains, fit couler un bain, et se surprit à pousser la targette... Comme il n'y avait personne dans la maison, c'était idiot, et pour se le prouver, non seulement il repoussa la targette, mais encore ouvrit la porte en grand.

Le bain lui fit beaucoup de bien. Il alla s'étendre sur le lit et fit un bon somme jusqu'à la nuit. Réveillé, il mit une robe de chambre et sortit sur la terrasse. La nuit était si bonne dans sa flanelle de brouillard, que Justin se chaussa et descendit dans le jardin. Un temps immobile, un brouillard tenace, tiède... Justin fit avec prudence le tour du jardin, avec ces trous il s'agissait de ne pas se casser la figure. Du pétrole, ici! C'était grotesque. Bon, on allait reboucher les trous et tout rentrerait dans l'ordre. Au printemps, l'herbe pousse vite, et il planterait d'autres fleurs, cette rose nouvelle qui avait reçu un prix à Bagatelle : la rose « Martine-Donelle »... Elle avait, paraît-il, la forme des roses modernes et le parfum inégalable de la rose ancienne. Une rose rouge, très foncée. Justin s'approcha de la grille, c'était d'ici qu'il avait suivi la scène entre les paysans et les gaillards bottés. Le brouillard balayait le champ du bas de sa jupe et enveloppait des petits poteaux blancs... Justin croyait mal voir, il s'agrippait à la grille, mais non, il n'y avait pas de doute : les petits poteaux de la Compagnie

du Pétrole étaient bien là, sillonnant le champ...
On avait dû les poser à l'heure de la soupe, quand
tout le monde était rentré. Et personne n'avait
songé à poster des sentinelles.

Rien n'y faisait. Ni la rage, ni les fourches. Lentement, Justin rentra dans la maison... S'il avait été
habillé, il aurait pris la voiture pour aller n'importe
où, rentrer à Paris, par exemple. Il faudrait s'habiller. Il faudrait ouvrir la grille, sortir la voiture.
Refermer la grille. Remonter en voiture. Oh, il
irait se coucher. Cette histoire de « l'intérêt national »... Si l'on trouvait du pétrole dans le jardin de
Blanche et sous les champs emblavés des paysans,
Blanche, les paysans et lui-même vivraient-ils mieux?
Les « anonymes » vivraient mieux. Il faudrait que
Blanche se dépêche de ramener le feu du ciel. Ino-
dore, splendide. Les bandits! Le concept de propriété privée ne tient pas devant les « anonymes »,
demain on rentrera sans frapper dans votre chambre,
on couchera dans votre lit... oui, oui! La propriété
privée! Ils ne se gênent pas, eux, lorsqu'il s'agit
d'escalader les murs pour *leur* pétrole. On couchera
dans le lit de Blanche. Où est-elle allée reconnaître
les hommes qui devraient être marqués au front?
Ces beaux murs de bois de rose, les petites fenêtres
aux rideaux courts, au fond de leurs embrasures,
les opalines vertes et roses qui brillent sur la
coiffeuse... Blanche était partie, et dans son lit, à
sa place, un gros homme blafard se morfondait en
attendant le sommeil.

Justin se leva et alla dans la salle de bains chercher un somnifère... N'en trouva pas. Cette maison!
où il n'y avait même pas de radio! Aussi quelle
idée de dormir toute la soirée, et qu'allait-il maintenant faire pendant la nuit? Entre les bandits

146

du pétrole et la lettre de Blanche, qu'allait-il devenir à tourner les choses dans sa tête? Trilby? Jacquou-le-Croquant? Ces noms avaient perdu sur lui leur pouvoir, et à les prononcer, il n'éprouva aucune excitation... Peut-être avait-il faim? Justin remit sa robe de chambre... Il n'avait mangé de la journée et de la nuit que le gros sandwich au fromage.

Il traversa la bibliothèque, le petit hall, la salle à manger... Les chambres là-haut, vides, inutiles... oui, jamais il n'en ferait rien, et l'idée de ces chambres lui fut désagréable. Dans la cuisine, il termina ce qu'il restait du fromage, pas même le courage de réchauffer la soupe de Mme Vavin. Et il n'avait toujours pas sommeil. Inutile d'insister.

Dans la bibliothèque, la lettre de Blanche avec son enveloppe couverte d'écritures diverses, dans tous les sens, reposait au milieu du bureau. Qu'allait-il en faire?... De toute façon, il ne pouvait pas chercher à la lui rendre, maintenant qu'il l'avait ouverte. Peut-être Blanche était-elle à Paris, quai aux Fleurs? Cela ne devait pas être difficile de la retrouver par l'Agence Immobilière qui avait vendu la maison à Justin. Il dirait qu'il avait une lettre à lui faire parvenir. J'aimerais avoir l'adresse de Mme Hauteville, il y a parfois des lettres à lui faire suivre, n'est-ce pas... A moins qu'elle ne soit quelque part au bout de la terre, ou au fond du ciel... Ce mari... C'était à lui qu'elle annonçait ce voyage, à lui... Mais peut-être pas à lui seul? Toutes les lettres ne revenaient pas, faute d'avoir trouvé le destinataire. Qu'allait-il faire toute la nuit? Qu'allait-il faire pour se défendre contre le tourment de l'insomnie? Justin s'assit dans le fauteuil rouge. Tous les livres lui répugnaient... Il se leva. Alla s'asseoir devant le bureau. Ramena à lui la corbeille de lettres et la bascula sur le bureau... Et comme il était superstitieux, il ferma les yeux et tira une lettre du tas des paquets et de lettres volantes, comme une carte chez une diseuse de bonne aventure, comme une carte à la table de jeu de Monte-Carlo : il fallait qu'elle lui dît son destin, qu'elle le fît gagner ou perdre...

Excusez-moi, Madame, de vous écrire. C'est qu'il faut que je vous parle, Blanche. M'écouterez-vous seulement ? Pourquoi toujours les autres, tous les autres, et moi jamais, jamais moi...

Cela fait maintenant bien longtemps, des années que nous deux... mais me permettez-vous, après toutes ces années, même une allusion à ces choses ? Peut-être les avez-vous barrées, peut-être qu'elles n'existent plus pour vous ; vous avez lavé de cela votre beau visage au matin, voilà tout. Je dis longtemps, *je dis des années, et je m'avise que ce qui me paraît toute une vie entre cette heure et moi, ne saurait être ce qu'il me paraît : vous êtes jeune, Blanche, malgré votre façon de regarder les hommes et les miroirs.*

Une longue vie depuis cette dernière fois que je t'ai tenue ainsi *dans mes bras. Une vie indifférente, machinale, normale. Je me lève le matin, je vais, je viens, je fais ma toilette, je m'habille, je me rase quand j'en ai le temps : j'ai gardé de notre temps à nous ce goût de me dire, non, pas le matin, je me raserai le soir, pour Blanche. Je sors. J'achète les journaux, tous les journaux. Tu te souviens ? Je lisais tous les journaux et cela t'impatientait. J'arrive au bureau, je les lis. Toujours le même bureau, bien que nous ayons déménagé. Les meubles que tu avais choisis pour servir de cadre à mon travail, pour que les clients se disent :*

148

tiens, c'est un homme de goût. Je n'ai pas changé de métier, je suis toujours dans la même affaire. J'ai les mêmes amis, pas très nombreux. Enfin... j'en ai perdu quelques-uns, en avançant en âge, c'est comme les cheveux il y en a qui blanchissent, d'autres qui tombent, on ne s'en fait pas de nouveaux. J'ai une autre secrétaire : celle-ci n'est pas du tout comme celle qui se permettait de te faire attendre à ma porte. Elle t'introduirait tout de suite. Si tu venais... tout cela n'est pas très intéressant, est-ce vraiment, pour une fois que je t'écris, ce que je dois te dire ?

Tu sais, c'est toujours la même chose : des gens qui ne se sont pas vus depuis longtemps, ils ont rêvé.. enfin, au moins l'un des deux... de cette rencontre, ils l'ont cent fois vécue à l'avance, se sont imaginé les mots, imaginé les silences. Et puis ! On est là, on parle de choses et d'autres. On se quitte. On se dira le reste la prochaine fois. Demain. C'est-à-dire dans dix ans, dans vingt ans. S'il y a vingt ans, dix... ou même...

On devrait toujours se voir comme des gens qui vont mourir le lendemain. C'est ce temps qu'on croit avoir devant soi qui vous tue. Qu'est-ce que je disais ? C'est un atroce bavardage. Est-ce que tu n'entends pas mon cœur derrière ? Je sais bien ce qui se passe. C'est comme toujours... les mots m'entraînent, ou du moins je me laisse entraîner par eux, je fais semblant d'être entraîné. Parce que j'ai si longtemps tu ce que je veux dire, ce que je vais ou ne vais pas dire. Mon Dieu, saurais-je encore me déshabiller devant toi ?

Tiens, pour ce qui est de cet entraînement par les mots : ces choses mécaniques, des mots associés, qu'on est si heureux de rencontrer qu'ils vous détournent de ce qu'on va dire... J'avais écrit : c'est comme toujours... *avec des points de suspension, tu vois ? Là*

je m'apprêtais de citer du Tristan Tzara. C'est comme
toujours, mon camarade, une porte de l'enfer col-
lée sur un flacon de pharmacie... *On a ses classi-
ques, n'est-ce pas ? c'est pour les citer. Et regarde :
j'avais bien résisté à cette perversité, alors quatre
lignes plus loin, je me suis mis à* la raconter. *Hein ?
Tu me reconnais ? Non, je n'ai pas beaucoup changé.
Un peu forci peut-être. Pas trop. Je me surveille.
C'est que je pense à toi. Je me dis, avec des sueurs,
et si elle voyait mon ventre ? Voilà. Tu es mon méde-
cin, mon professeur de gymnastique, mon miroir,
ma honte et ma conscience. Rien de très nouveau là-
dessus. Je te dis que je n'ai pas beaucoup changé.*

*Mais, tout de même, t'es-tu jamais demandé ce
qu'il s'est passé le jour où tu m'as dit, brusquement :
non, en voilà assez, c'est fini, ne me fatigue pas, plus
jamais... t'es-tu demandé ? En tout cas — puisque
de temps en temps nous nous rencontrons tout à fait
normalement, que nous parlons comme de bons amis
— tu ne me l'as jamais demandé. Tu me parles, tu
me regardes, je suis là. Tu ne sais pas que tu parles
à un mort, que tu regardes un mort. Non, je n'exagère pas. Pourquoi dis-tu toujours que j'exagère.
Un mort ne peut exagérer.*

*Pardon. Bien entendu, tu ne disais rien. C'est encore
un de mes tics de langage. Je ne peux pas m'en empêcher.
Je t'entends d'ici. Pardon. Je voudrais tant ne pas
t'agacer. Après tout, maintenant c'est tout ce que je
peux faire... Non, ne me regarde pas comme cela :
je ne veux pas dire que tout ce que je puis faire maintenant, c'est de t'agacer. Tu vois, tu me prêtes toujours
des méchancetés. Oh, pardon, je recommence.*

*Blanche... puisque tu es Blanche... que la seule
intimité entre nous, c'est donc de t'appeler Blanche.
Je t'écris un matin, tu es très loin, dans quelque lune,*

dans une de ces lunes où tu t'en vas avec tes petits pieds. Une lune où il y a le téléphone : tu as été tout à l'heure assez gentille pour m'appeler par-dessus les frontières cosmiques, tu m'as parlé, tu m'as dit : c'est moi... Tu m'as raconté ce que tu faisais sur cette terre lointaine. On t'entendait merveilleusement, comme si tu avais été dans la pièce. Tu m'as dit : Et toi? Et je t'ai raconté ma journée d'hier par le menu, comme si c'était cela l'important, comme si tu savais tout le reste de mon temps, avant et après, je t'ai dit l'ennui que cela été ce rendez-vous que j'avais pour onze heures, deux fois remis dans la journée, comme j'ai dû rouler sur les routes, j'ai oublié de te dire qu'il n'y avait pas de verglas. Et je ne t'ai même pas dit : je t'aime! Même pas. Pourtant, au téléphone, je pouvais avoir le courage, non? Ah, je l'ai écrit quand même! Une fois de plus, ne te fâche pas.

Il faudrait être grossier. Appeler les choses par leur nom. Après tout, tu ne vas pas me gifler. Combien de temps est-ce que j'ai été ton amant? Huit jours, deux heures, une vie? Enfin, j'ai été ton amant. Tu l'as peut-être oublié, moi pas. Pardon, Madame.

C'est drôle, j'avais cru que cela ne se terminerait jamais, que cela continuerait comme cela, à me lever, m'habiller, aller au bureau, dicter le courrier, recevoir les clients... tout cela pour la frime, pour te donner le temps de respirer, de traîner chez toi, un peu seule, de te faire les ongles (je te vois toujours comme cela, assise devant ta coiffeuse, avec la laque qui sèche sur les ongles, les doigts écartés en l'air, évitant de toucher quoi que ce soit...) Puis que je reviendrai après ces points de suspension-là, que je te reprendrai dans mes bras, encore et toujours, que je te porterai sur le lit... Ah, je ne peux plus parler de cela, cela n'est pas de la pudeur, cela me fait mal tout simplement, tiens, je ne pleure pas vraiment... à mon âge! mais j'ai bêtement l'œil humide, j'ai dû enlever mes lunettes, cela faisait un petit brouillard. Allons, c'est passé.

T'es-tu seulement jamais demandé comment je me suis arrangé *par la suite ? Hein, est-ce assez laid, ce mot-là, ce mot usuel, ce mot* propre *? C'est comme cela qu'on dit, n'est-ce pas ? Il faut bien parler comme tout le monde pour ne pas se faire remarquer. Probablement, si tu ne te l'es pas demandé, est-ce que tu as simplement pensé que je m'étais arrangé. Si tu ne me l'as pas demandé. Eh bien, non, ma chère, je ne me suis pas arrangé. Pas arrangé du tout.*

Ne me regarde pas comme cela. Avec ces yeux que tu as au téléphone pour un homme qui ne te voit pas. Parce que moi je te vois. Même dans la lune. Dans n'importe quelle lune. Est-ce que tu crois que tu peux me fuir ? Te cacher ? Il n'y a pas de lune si lointaine, l'œil de l'homme voit indéfiniment devant lui... l'objet devient seulement de plus en plus petit avec la distance, et toi, l'objet... Tiens, c'est comme cela qu'on dit : l'objet aimé.

Je prononce parfois le verbe aimer avec une rage, une fureur, tu m'entends, toi, dans la lune ? comme je dis cela : aimer! *C'est un verbe qu'on a beaucoup utilisé, qui a passé par pas mal de lèvres, séché des encriers. C'est devenu un mot poli qui est entré dans un vocabulaire galant, bien élevé, à l'usage des dames. On peut le prononcer sans rougir, devant les enfants. Pas moi, tu m'entends ? pas moi. Quand je dis* aimer *moi, c'est une chose obscène, c'est une photographie qu'on vend au Palais-Royal, qu'une espèce de maquereau vous glisse dans la main.* Aimer! *Dire qu'il y a des gens qui disent cela comme... comme... tiens, je ne peux pas m'imaginer comme quoi. Écoute, Blanche, si tu veux savoir, je ne me suis simplement pas arrangé du tout. Oui, je te l'ai déjà dit, je sais. Tu me connais, je suis un homme qui se répète. Cela aussi, c'est obscène. Une plaisanterie de garde. Non, une simple vantardise. Oh, laisse-moi un peu me vanter. Est-ce que ce n'est pas tout ce qui me reste...*

Ici la lettre avait été déchirée. Par Blanche? Ou par son correspondant? Il y avait encore un feuillet joint, sur le même papier, c'était peut-être de la même lettre, peut-être un morceau d'une autre lettre, en tout cas de cette écriture-là :

... Est-ce qu'il fait froid dans la Lune? Est-ce que tu as les souliers qu'il faut pour les astres morts? As-tu emporté une bouillotte au moins? Est-ce qu'on a de l'eau chaude dans la Lune? L'eau chaude, c'est une des merveilles de la vie. Tu le disais, je m'en souviens, ce sont tes mots, tes chers mots. Cela console le corps là où il a froid, cela le calme où il a mal. Où as-tu imaginé de porter tes chers petits pieds fragiles? Où poses-tu ta tête? Tu as une bonne chambre au moins? Il y a bien des chambres dans la Lune? J'aurais voulu t'envoyer des fleurs. J'ai été chez Baumann, j'ai dit : « Est-ce qu'on peut envoyer des camélias dans la Lune? » La demoiselle, qui n'avait pas très bien entendu, m'a dit : « Mais bien sûr, Monsieur, avec Inter-floral! Nous envoyons des fleurs partout... Seulement, je ne sais pas s'il y a des camélias à Lunéville... S'il n'y a pas de camélias, on lui portera des orchidées, à cette dame... oui, il y a des orchidées roses... on fait maintenant des orchidées de toutes les façons... » Et si tu avais vu ce contentement de pouvoir servir toutes les fantaisies du client...

Est-ce qu'il y a des fleurs dans la Lune? Est-ce

qu'il y a des camélias ? Roses ou pas. Et quand cela
ne va pas très bien, tu as de quoi te faire une petite
infusion ? La menthe a du goût dans la Lune ? Peut-
être n'y a-t-il que du tilleul... Le tilleul, c'est assez
lunaire. J'aimerais avoir une photo de toi dans la
Lune. Tu sais une photo pour mettre dans mon album... le célèbre album... tu passes les coins dans les
quatre fentes obliques, souvent les vieilles épreuves,
il y a un coin qui se casse... plus tard, quelqu'un trou-
vera cela, et on a beau les fixer, les photos elles vieil-
lissent même dans l'ombre d'un livre fermé. On lira
l'écriture passée, mon affreuse écriture, avec un peu
de difficulté : Blanche prenant une tasse de tilleul
dans la Lune... Au fait, tu n'es pas seule dans la
Lune ? Tu ne m'as rien dit, mais il doit bien y avoir
un homme avec toi, au moins pour porter ton plaid.
Alors, sur la photographie, il y aura derrière toi, un
peu à l'écart, respectueusement, comme ces gens qui
savent que ce n'est pas eux que l'on photographie, un
homme, enfin, ce compagnon à toi... un type sportif
probablement... qui aura passé par toutes les épreuves
physiques désirables, scientifiquement parlant, je
veux dire, pour avoir le droit d'être ton compagnon,
de porter ton plaid sur son bras, dans la Lune, à distance respectueuse, bien entendu...

Après tout, pourquoi la Lune ? Quand il y avait
Mars et Vénus... Qu'est-ce qui t'irait mieux au teint ?
Mars ou Vénus ? Parce que tu dédaignerais évidemment Rome ou Bruxelles ou Romorantin... Moi, je
pourris pendant ce temps sur la terre, en attendant
de pourrir dessous. Je suis poli avec les clients. J'essaie d'être correct avec Mlle Marie, c'est ma secrétaire, très énervée ce matin parce qu'elle a des ennuis
avec sa machine à écrire qui bloque tout le temps.
Je caresse le bois de mon bureau, je vois, le caressant,

encore une fois ce jour d'une fin d'hiver, le temps était maussade, dans quelque rue Jacob, enfin par là, la boutique d'un antiquaire, et comme tu as fait enlever tous les bibelots exposés sur la table, tout le Wedgwood et les petits bronzes, et tu as dit : « Je crois que cela ferait tout à fait le bureau qu'il te faut... une jolie surface... » Ce jour-là, tu me tutoyais devant les antiquaires. On avait l'air de jeunes mariés.

Est-ce qu'il y a des jeunes mariés dans la Lune ? Et des antiquaires ? Des meubles anglais, avec une belle surface bien polie, on s'y regarderait... et c'est doux d'y poser les mains à plat, en pensant à toi, comme si c'était toi que l'on caressait.

Pardon, Madame, je ne le ferai plus...

Ici, il y avait plusieurs lignes soigneusement caviardées avec une autre encre, une encre bleu fixe. Par qui ? L'homme ou Blanche... puisque Blanche il y a. La signature aussi, méchamment. On pouvait encore lire sous un trait plus vague, après la signature, une manière de post-scriptum :

Ah ! j'ai relu « Trilby » à cause de toi. Ce n'est pas humain de me l'avoir fait relire. Avec moi, tout est à l'inverse. Si je ne chante plus, si je ne peux plus chanter, c'est que ma femme ne me donne plus l'ordre de le faire...

Justin remit la lettre dans son enveloppe. Il gémit, les lèvres pressées l'une contre l'autre. Il était jaloux, atrocement jaloux de l'amour qu'il n'avait pas. Dans le cercle de lumière que faisait la lampe en opaline blanche, Justin Merlin, le grand metteur en scène mondialement connu, la tête sur le sous-main de Blanche, pleurait d'énervement et de fatigue...

Un rayon de soleil, se faufilant entre les rideaux mal tirés, le trouva la joue sur les lettres et plein de courbatures. Quelle heure ? Sept heures et demie.. Il alla ouvrir les grands rideaux de tapisserie, et le soleil se jeta comme un lion sur la pièce, secouant sa crinière étincelante sur le dos doré des livres, sur l'auréole fripée de Justin, et éteignit la lumière lunaire de la lampe en opaline blanche. Un temps d'or ! Justin regarda pendant un moment toutes ces lettres jonchant le bureau, prit la corbeille, les y balança, posa la corbeille par terre, s'étira et bâilla furieusement. Assez de balivernes ! Il était ridicule, grotesque !

Une douche, et Justin, en slip, faisait de la gymnastique, respirait, se couchait, se levait... Quelle nuit de cauchemar ! Il irait se promener toute la journée... Ferait un tour à Barbizon, pourquoi pas... Au bout du compte, Justin n'était pas encore tout à fait libéré de *Trilby*, et il éprouvait soudain de la curiosité pour son décor.

A Fontainebleau, il rencontra des gens qui l'entraînèrent à l'Hôtel d'Angleterre prendre un verre, dîner, et il ne rentra que très tard, c'était au diable, Fontainebleau. Ces gens ne l'avaient pas en-

nuyé outre mesure, et il avait même été content
d'entendre les dernières nouvelles de Paris, du cinéma... Quand on a été absent pendant un bout de
temps — bientôt deux mois, c'est insensé comme
le temps passe vite!... — oui, quand on a été absent pendant quelque temps, il est agréable de bavarder avec des gens, juste bavarder et juste un
moment.

La maison de Blanche lui parut triste comme une
femme qui se serait endormie après vous avoir
attendu, longuement... Résignée, sans reproches,
ce qui ne vous fait que plus profondément sentir
votre égoïsme. C'était simplement que Mme Vavin
avait fait un nettoyage à fond, et cela donnait à
la maison un bizarre air de tristesse... Oui, Mme Vavin avait profité de l'absence de Justin pour ranger,
et les rangements vous attristent une pièce pendant
vingt-quatre heures, au moins, le temps de tout
déranger. Les chaises poussées vers les murs, la
table de la salle à manger fraîchement encaustiquée,
et sans la coupe au milieu qui d'habitude l'ornait...
Cette sacrée Mme Vavin avait jeté les dernières
fleurs qui restaient d'avant le massacre du jardin,
sous le prétexte évident qu'elles étaient depuis
longtemps fanées.
Dans la bibliothèque, c'était la même chose :
tout y était légèrement déplacé, poussé à droite
ou à gauche, détruisant l'ordonnance naturelle...
Le fauteuil rouge, la lampe en opaline, et jusqu'aux
livres poussés plus au fond des rayons... le chiffon
à poussière a dû se promener partout. Mais Mme Vavin avait beau remuer les meubles, les objets, aérer
en grand la maison, Blanche y était toujours présente, partout. On dirait qu'elle s'y était dissoute

comme le sucre dans un liquide : on ne la voyait pas, mais elle y était, donnant son goût à toute chose. Justin ne pouvait que le constater : c'était ainsi.

Justin s'assit devant le bureau. Il avait assez folâtré pour aujourd'hui, jeté sa gourme... c'est ainsi que l'on parle des jeunes gens, n'est-ce pas, ils jettent leur gourme. Il s'était distrait, il avait vu Barbizon, des gens pas désagréables, et se trouvait maintenant en bonnes dispositions pour reprendre *Trilby*. Décidément, *Trilby* et non *Jacquou*. A peine dix heures passées, la soirée ne faisait que commencer, et il avait devant lui toute la nuit. Justin se sentait en forme. Il sauta, les pieds joints, au beau milieu de son scénario.

Little Billee reconnaît Trilby... La divine Svengali était Trilby! Et le voilà qui retrouve ses sens perdus depuis cinq ans, il se réveille comme après une narcose, avec des hurlements de douleur — cet être parfait, la Svengali, c'était Trilby qu'on avait jugée indigne de lui, qu'on lui avait volée! Il faut que l'explosion de son amour retrouvé vienne avec la force de la division de l'atome, que la douleur, la colère de ce garçon délicat et bien correct, éclate, incongrue comme des gros mots dans la bouche d'une vierge, comme des blasphèmes en pleine église... Trilby! il n'y a personne qui serait digne de lui laver les pieds, elle est la Svengali qui pose son pied parfait sur les préjugés et les lois scientifiques, comme sur ce coussin que l'on pousse sous son pied pendant qu'elle chante! D'un côté Trilby et Little Billee, innocents porteurs des forces créatrices, et de l'autre, Svengali, « l'araignée-chat » qui les chasse de leur paradis. Mais il sait que tout dans sa possession de Trilby est artificiel, qu'elle n'est que l'instrument inconscient sur lequel joue son génie à lui, et que naturellement elle aime Little Billee. Svengali est malade, il ne peut pas diriger l'orchestre, mais on l'installe dans une loge, face à la scène, c'est de là qu'il tiendra la Svengali sous son regard... Le voilà avec sa barbe noire, mortellement pâle, encadré par les rideaux rouges et or de sa loge... il regarde le public, il reconnaît Little Billee... La Svengali paraît sur la scène, dans sa tunique d'or, la petite couronne d'étoiles sur la tête... on glisse sous son pied un coussin... Svengali voit de sa loge comment Little Billee regarde Trilby, et son visage prend une expression de haine démente, il montre les dents comme une bête, et il meurt! Il meurt, comme on se venge! Il lâche son instrument, la Svengali, il n'y a plus sur la scène que Trilby! la bonne, la simple Trilby, qui ne peut pas chanter, et qui ne sait pas où elle est... « Chantez, Madame, mais chantez donc! » supplie le chef d'orchestre... Et Trilby se met à chanter une vieille chanson, comme dans le temps, à l'atelier, et elle chante ridiculement faux... C'est atroce!... Le théâtre hurle, des rires, des quolibets, pendant que l'on emmène Trilby dans la coulisse et que, entre les rideaux rouges de sa loge, Svengali, un immobile cadavre vengeur, sourit...

Cela serait un film à contre-courant. Vieillot, couleur opaline. Toute sa force dans l'amour seul. C'était une époque où l'on mourait d'amour, physiquement. L'amour faisait sortir la vie de ses lois et de ses règles, ses forces provoquaient des perturbations contraires à la science et aux longues habitudes sociales. Il ne faudra pas que le film s'excuse du surnaturel, ni qu'il l'explique. Une petite vie légère en surface, grisettes, concierges, artistes et farces d'atelier, un gentil garçon bien élevé, et à qui le génie coule des doigts avec innocence, avec modestie et violettes... Mais que cet amour soit contrarié, et c'est le cataclysme, ravages d'inondations et de feu!... Et Trilby? Une midinette qui entendrait des voix. Juste ciel, comme Justin Merlin aimerait faire ce film et mourir de joie de l'avoir réussi! Oiseux, ce film-là? Qui donc oserait montrer l'existence des forces « surnaturelles » dans le monde?

Un film prophétique, voilà ce que cela serait, ce film oiseux... Il serait bête par sa timidité, la réalité dépassant ces pressentiments à peine exprimés. Dans certaines conditions, l'énergie dont nous sommes porteurs, peut se dégager, et certains phénomènes... D'ailleurs, Drot-Pendère disait cela même dans sa lettre, ou à peu près. On verra, on verra!

La reine démente des rossignols, la bonne, la belle, la sainte Trilby qui ne sait plus chanter, se meurt dans l'appartement de Little Billee, soignée par la mère de celui-ci, entourée de ses vieux amis, elle se meurt d'un étrange épuisement. Ce qui dérangeait Justin Merlin était le mystérieux portrait de Svengali qui arrive à Trilby sans que l'on sache qui le lui a envoyé... Un portrait si vivant que Trilby, mourante dans son lit, retombe sous le pouvoir de Svengali, et elle chante, doucement, divinement, son chant du cygne... Pourquoi ce portrait? Non, Justin Merlin fera chanter Trilby, lui fera retrouver son art sans cette camelote, le portrait... Elle chante, elle s'endort, Little Billee à genoux l'appelle : *Trilby! Trilby!*, mais elle répond dans un murmure : *Svengali... Sven-*

gali... *Svengali*... Et la voilà morte, Trilby, l'admirable... Faudra-t-il montrer comment Little Billee la suit bientôt dans la tombe, montrer son dernier désespoir de l'avoir perdue doublement, puisque c'est le nom de Svengali qui est monté à ses lèvres de mourante. Elle était son esclave, lui appartenait. Little Billee se meurt, il ne peut plus peindre, il est à moitié fou... On dirait que l'art ici a gagné sur tout autre sentiment, que le génie de Svengali était plus fort que son aspect terrestre, son âme sinistre... Tout lui est pardonné, puisqu'il possède du génie.

Les forces surnaturelles de l'art. On verra, on verra. Puisque déjà on est sur le point de partir pour la lune et que le monde n'est plus qu'un Luna-Park dans l'espace infini, avec les carrousels des planètes, les tirs des comètes, les étoiles qui se téléscopent, les montagnes russes des montées et descentes vertigineuses... Les attractions! L'attraction d'un seul être humain plus forte que la somme des forces cosmiques, une force qui continue à exister après la mort, qui peuple le néant.

Justin Merlin tenait dans sa tête les éléments du film *Trilby*, comme un enfant une pièce de cent sous dans son poing : tout ce qu'il allait pouvoir faire avec cela! Il en serait redevable à Blanche, à l'atmosphère de sa maison, aux lettres à elle adressées... Où étaient-elles, ces lettres? La corbeille n'était plus sur le bureau.

Justin la chercha par terre, à côté du bureau, entre ses pieds, autour... Où était-elle? Il bondit sur ses pieds... Mme Vavin avait fait le ménage à fond! Il courut à la cuisine, peut-être était-il encore temps!... Le petit hall, la salle à manger, dans le noir, il se cognait aux meubles... Dans la cuisine, il alluma : là, à côté de la cuisinière, la corbeille... Il perçut au même instant et la tiédeur de la cuisine et que la corbeille était vide. Pas le moindre petit bout de papier là-dedans. De ses mains tremblantes, Justin ouvrit le foyer : des cendres blanches, des morceaux de charbon de bois rougeoyant, était tout ce qui restait des bûches et des papiers déjà consumés...

— Non! cria Justin Merlin. Non! je ne veux pas!

Il recula, tomba sur une chaise, son auréole dressée derrière la tête, les yeux fixés sur le foyer ouvert où des petites flammes en couronne, comme sur un gâteau d'anniversaire, avaient repris, folâtraient faiblement.

— Non, répéta-t-il à voix basse, je ne veux pas!

Tout ce qu'il avait tenu vivant entre ses mains, ni jauni ni passé... Anéanti, définitivement effacé. L'assassinat, l'homicide par imprudence, la balle perdue, n'importe, c'était l'accident mortel, la fin de tout. Cadavres, cadavres... Blanche, sa vie, son intimité, Trilby, le film... Tout avait sombré dans ce feu. Les petites flammes s'étaient réunies, ne formaient plus qu'une seule grosse langue qui se démenait toute seule, comme si ce qui pouvait encore brûler là-dedans était pressé de se consumer. Sur la cuisinière, il y avait à nouveau la lessiveuse. Mme Vavin était une bonne ménagère et une femme consciencieuse, Justin lui avait dit de faire du feu dans la cuisine pour sécher les murs, et donc elle en avait fait, et profité de l'occasion pour encore laver. La cuisine était tiède avec innocence, dans le foyer la langue de feu, déjà sans force, mourante, léchait faiblement les cendres sous la lessiveuse stupide. Justin, toujours sur sa

chaise, entendait des cloches. Il n'y avait plus rien
à voir dans le foyer noir. Il se leva, traînant les
pieds comme un malade, traversa la salle à manger...
Cloches, cloches, cloches... Ah, il ne savait plus ce
qui remplissait sa tête, les oreilles, un glas, le toc-
sin, la sirène...

C'est dans le petit hall qu'il s'aperçut que les
fenêtres étaient rouges... Justin ouvrit la porte
sur le jardin : sous un ciel rouge et mouvant, les
cloches, la sirène, résonnaient, énormes! Le feu!
La sirène hurlait, se mourait, reprenait son cri sur
un fond de bris de vaisselle que chaque coup de
cloche ramenait avec force... Le feu! De l'autre
côté du mur, sur la route, on courait, on criait,
des voitures, des scooters roulaient... Justin courut
au portillon, sortit sur la route...

— Le feu, à l'usine!... cria quelqu'un sans s'arrêter, répondant à sa question.

Le temps de sauter dans la voiture, et Justin
roulait dans la même direction que tout le monde.

L'usine de matières plastiques, celle où travaillaient les habitants du village, flambait. Entourée
d'une sombre couronne d'épines humaines, main-
tenues par des gendarmes, c'était un brasier, un
cratère crachant des flammes, un feu d'artifice
sinistre. Le feu coulait son sang lourd dans les
poutres, on aurait pu étudier la structure de l'édifice, sa carcasse, d'après ce schéma de feu...
Au-dessus s'agitaient les drapeaux rouges des
flammes en lambeaux, déchiquetées... De petites
silhouettes noires s'agitaient au fond de la catastrophe... Tout le reste du monde était plongé

dans l'obscurité, il n'y avait ni ciel, ni champs. Soudain, le milieu de l'édifice s'effondra, les poutres dégringolaient dans des myriades d'étincelles, éclairant ici et là des visages immobiles, sombres comme la nuit... Les gendarmes appuyèrent sur la foule... Des klaxons véhéments annonçaient l'arrivée d'autres pompiers. Déjà, sans regarder personne, à travers la foule qui s'écartait sans un mot, ils traînaient le tuyau se déroulant derrière eux...

Justin Merlin quitta les lieux avant la fin du spectacle... Il rejoignit sa DS qu'il avait laissée assez loin, dans un terrain vague. Au fur et à mesure qu'il s'éloignait, la nuit s'éclaircissait : l'incendie plongeait la nature dans l'obscurité comme une rampe qui éclaire les acteurs et plonge pour eux la salle dans le noir. Enfin les étoiles et la lune avaient repris leur place dans le ciel, malgré les reflets roses de la catastrophe. Justin remonta dans sa DS, embraya...

Sur la route, il y avait encore du monde qui arrivait, allant vers le feu... L'immense désastre devait se voir loin, on venait de partout. Justin roulait doucement, les gens tenaient toute la largeur de la route, comme à Paris la rue, les jours de manifestations. Des voix résonnaient, excitées, anxieuses. Mais, enfin, le calme revint et Justin put appuyer sur l'accélérateur... Les lettres... Le petit tas de vieilles lettres réduites en cendres, avait mis le feu aux poudres. Le sinistre... Sinistre fête au village. Le sinistre. Les lettres qui se vengeaient. Le visage mortellement pâle de Svengali apparut dans les flammes de velours rouge... Ouverture du Luna-Park de Blanche! Le coup de feu du départ donné par le petit feu

allumé dans la cuisinière de sa maison. Grand gala.
Mme Vavin, l'innocente, avait allumé la mèche
d'une bombe, l'usine se mit à flamber. Justin Merlin roulait dans la direction du *Cheval Mort*. Pourquoi? Pour quoi faire? Pour rien. Rien. Rien, rien...
Non, mais pour y chercher quoi? Le vent s'engouffrait par les fenêtres ouvertes de la voiture... Les
arbres filaient, se bousculant dans la vitesse de
la voiture, et pourtant la forêt n'en finissait pas...
La voiture enfin en sortit et comme une bête traquée fila devant l'auberge où nulle lumière ne
brillait, grinça en tournant à angle droit, et se mit
à grimper la côte, tournant follement aux virages
dans un bruissement de roues sur le goudron. Justin Merlin montait sur le Brocken, sur la Montagne Chauve... et il n'était pas seul, derrière lui
il entendait les sabots de la poursuite : go-go-gop!
go-go-gop! go-go-gop! Était-ce à lui qu'on en voulait, ou étaient-ce des chevaux morts allant à leur
rendez-vous, là-haut? Les sorcières montant des
chevaux morts! « Qu'est-ce que c'est? se disait
Justin, je ne suis pas à l'intérieur d'une pièce de
Lorca, je monte simplement au *Camping du Cheval
mort*, parce qu'il faut que j'aille quelque part... »
Et il continuait à entendre le galop à ses trousses.

Les roues crissèrent encore une fois au dernier
tournant, dépassant — comme un train express
dépasse la maisonnette du garde-barrière — le
« sabot » où une petite lumière brilla et disparut, et,
traversant en coup de vent le plateau, Justin
s'arrêta pile, devant le cube blanc avec son BAR.
Aussitôt, le bruit des sabots derrière lui s'arrêta net.
Justin sauta en bas de la voiture...

Le vent s'empara de lui, de ses cheveux, des pans
de ses vêtements, faisant tourner le pantalon en

spirale autour de ses jambes. Il était au niveau des nuages, et des morceaux de brouillard flottaient comme une chevelure défaite de vieilles sorcières, petites femmes se cachant dans leurs cheveux immenses, leurs mèches grises, emmêlées, ternes, qui s'accrochaient aux pointes des tentes, et que la lune essayait vainement de traverser. Justin s'arc-boutait, avançait quand même vers le ciel, rose au-dessus des nuages et brouillards : les matières plastiques flambaient bien, une belle couleur rose-bonbon que cela faisait au ciel! Les yeux trop haut, Justin accrocha du pied la corde tendue d'une tente et tomba de tout son long. Une corde comme un croc-en-jambe... En même temps, venant de très loin, il entendit encore le : go-go-gop... go-go-gop... de sabots au galop. Nuit d'apparitions, de fantômes, nuit où il pourrait vous être révélé une formule secrète... Il marchait dans le labyrinthe des murs de toile, il tournait là-dedans, une panique au cœur, se disant, jamais, jamais, je ne m'en sortirai! Et cela faisait encore go-go-gop, bien plus près et encore plus près... Avait-il rêvé, ou y avait-il vu, au passage, une lumière, dans les petites fenêtres du « sabot »? En cette heure, n'importe quel être humain l'aiderait à vaincre la panique... Il tortillait dans le labyrinthe, il devait tourner en rond, toujours en rond. La vue des rangées de cabinets lui fut un soulagement, et les portes ouvertes se mirent à applaudir sa venue... Justin courait, il était pressé de rejoindre la route. Le sentier qui menait au « sabot » se trouvait là, sous ses yeux, comme par enchantement. Des hautes herbes tranchantes, des piquants s'agrippaient à son pantalon : n'y va pas, Justin, n'y va pas! Il arriva enfin au

« sabot »... non, il ne s'était pas trompé, une lueur brillait là-dedans. Justin se traîna jusqu'aux fenêtres et colla son front à la vitre : à la lueur d'une bougie, il devina un homme lui tournant le dos. Cela devait être le baron... Peut-être, peut-être. Assis sur un siège trop bas pour ses longues jambes, l'homme écrivait, tenant sur ses genoux une petite valise qui lui servait de table... Longuement, Justin regarda l'homme écrire... A Blanche, peut-être ? A qui pouvait-on écrire, sinon à Blanche ? Il ne frappa pas au carreau. Doucement, très doucement, il s'éloigna, craignant d'être surpris, de voir le baron se dresser, tourner vers lui son regard... Le regard, la voix de ce qui a été un homme, de cette noix vide... Justin rebroussa chemin, et l'idée que ce fantôme pouvait écrire à Blanche soudain le révolta... Écrire à Blanche, lui parler d'amour !

Et les autres ?... D'un point quelconque où ils se trouvaient, d'un Hôtel Terminus, d'un Bar Américain, d'un laboratoire, observatoire, du fond d'un immeuble de Paris ou des antipodes, de leur bureau, chacun pouvait inventer d'écrire à Blanche... Toute cette bande de fantômes, écrire à une Blanche de chair et de sang, vivante, réelle... Justin arriva à sa voiture. C'était l'endroit le plus haut du plateau, ici le vent faisait tourner ses grands carrousels, mais ils tournaient de plus en plus lentement, ils allaient s'arrêter : le vent était à bout de souffle... La lune ressemblait à une ampoule dans une chambre d'hôtel misérable, et les reflets roses dans le ciel s'évanouissaient... On allait fermer le Luna-Park, le spectacle touchait à sa fin, peut-être faute de spectateurs.

Justin monta dans sa voiture, tourna... Doucement, il descendit la route noire, luisante sous la lune. Go-go-gop, go-go-gop... Voilà que cela reprenait. Les chevaux morts à sa poursuite! Justin accéléra... le galop aussi. La DS filait, rattrapait la Nationale, et plus elle allait vite, plus le galop était distinct, rapide, se rapprochait, jusqu'à ce que Justin vît une bourrasque le dépasser... Le bruit des sabots se mourut devant lui, loin. Il arrivait sur une grande lumière... Saclay, le Centre de Recherches.

Un immense terrain entouré d'un haut grillage blanc et bordé de lumières. Cela ressemblait à un camp, avec cette grande lumière allumée pour les besoins de la sécurité... Tout être, toute chose qui oserait approcher du grillage se trouverait dans cette lumière sans merci... C'est toujours étrange de voir des lumières allumées dans le vide, pour personne. Une salle de spectacle sans spectateurs. Justin s'arrêta au feu rouge du Christ-de-Saclay et se retourna : de loin, les lumières du Centre de Recherches, comme elles étaient disposées, en demi-rond, rappelaient le pointillé lumineux qui borde la mer, à Nice... Oui, on pourrait croire que là-bas c'était la mer, la Côte et ses réjouissances... C'était bête d'attendre au feu rouge quand il ne venait aucune voiture d'aucun côté. Il était tard, très tard... Où est-ce que je vais? se demanda Justin... A Paris, faut croire. Il avait laissé la maison de Blanche, les portes ouvertes, les lumières allumées, avec toutes ses affaires, Trilby... Derrière lui vint s'arrêter un camion. Voilà, enfin, le feu vert. Justin roulait sur la grande route déserte. Le monde était vide... Peut-être là-bas, à la Recherche Scientifique, des Tom courageux et anonymes risquaient-ils leur vie pour nous autres... Ah, il y avait de tout dans le Luna-park de Blanche, des petits chercheurs et des metteurs en scène mondialement connus.

Au Rond-Point de Clamart, feu rouge... Personne. Si ce n'est le même camion qui l'avait rattrapé. Justin rongeait son frein, quand soudain, coupant la route, de droite, apparut une longue file de camions. Dans le premier, Justin vit nettement le coude du conducteur dépassant la portière... Mais dans les autres, qui le suivaient, il n'y avait personne ! Ils marchaient seuls ! Justin sortit la tête par la portière... Il aimait encore mieux le galop des chevaux morts !

— Au radar... dit la voix du routier arrêté à côté de lui, du haut de sa cabine, il ne faudrait pas qu'il se dérègle, vous voyez que l'idée leur prenne de tourner par ici ?

Les camions passaient leur bonhomme de chemin, gardant entre eux la même distance, strictement. Ils étaient loin, quand le feu se remit au vert... Le routier embraya bruyamment, et le grand mur blanc de son frigidaire roulant — VIANDES — doubla la voiture de Justin.

Autour de la large route éclairée, le nouveau Paris sortait des limbes, des nimbes, de terre, de l'imagination... C'est plus vite fait de bâtir des maisons que de faire pousser les arbres, on n'a pas encore trouvé le moyen de les tirer de sous la terre par leur chevelure verte. Mais on les apporte tout faits, d'ailleurs...

Justin était au-dessus de Paris qu'on ne voyait guère que par les brèches entre les maisons. Paris immense et qui faisait le mystérieux. La route s'étrangla dans une rue, et c'était fini : Justin était happé par Paris, il entrait sous cette cloche

que le ciel faisait à Paris, une cloche à fromage, et
Paris là-bas, comme un gruyère, comme un ca-
membert, comme un roquefort... ou une cloche
dont on coiffe la pendule sur la cheminée, avec
son temps arrêté... ou la cloche mise à une couronne de mariée, ou à une branche avec des oiseaux
de paradis, multicolores. Paris sous la cloche du
ciel était tout cela.

Justin roulait dans Paris. Il était éperdument
amoureux de Blanche.

Les rues de Paris étaient vides. A Montparnasse,
une rangée de taxis, des lumières au Dôme, à la
Coupole... Justin ne voulait pas rentrer chez lui,
dans son petit hôtel particulier du côté des Inva-
lides... Il irait à l'hôtel. Oui, il verrait venir. Quoi?
Ah, ça... Il roulait doucement, se demandant
où il pourrait bien s'arrêter à cette heure, prendre
une tasse de lait chaud... A la Régence peut-
être, place du Théâtre-Français. Quelle étrange
chose que Paris... Toutes ces maisons, et les rares
taxis, les quelques passants, comme si c'était normal d'être à Paris, d'y vivre. Ils en avaient tous
l'habitude. C'est ainsi aussi après la mort de chacun.
Pendant qu'on n'y est pas, n'y est plus.

Justin s'arrêta à la Régence. Il n'y avait plus
personne. Le garçon le reconnut, sourit malgré
la fatigue et s'en fut chercher son lait chaud :

— Je vais voir, monsieur Merlin, dit-il.

Justin s'assit, tout seul dans la salle en désordre.
Des gens passaient, comme sortant des coulisses
du restaurant, sans fard, fatigués, peut-être le
cuisinier, le plongeur... Paris, c'était étrange,

Paris... Un journal traînait sur la banquette, il y avait presque deux mois que Justin n'avait pas lu de journal. Il l'ouvrit, l'étala sur la table. Un gros titre en première page disait :

DEPUIS DIX JOURS SANS NOUVELLES DE BLANCHE HAUTEVILLE

et en plus petit :

On est toujours sans nouvelles de l'avion piloté par Blanche Hauteville, perdue au-dessus du désert du Sahara. Depuis dix jours, notre aviation sillonne l'air, mais nulle trace de l'appareil, et il ne reste plus beaucoup d'espoir de retrouver Blanche Hauteville en vie.

Les ailes françaises sont en deuil, Blanche Hauteville était l'un des plus valeureux et des plus courageux de nos pilotes d'essai...

L'agent immobilier avait confié la clef à Mme Vavin : voudrait-elle se charger de faire visiter la maison de M. Justin Merlin? Mais Pierce était un pays perdu, et la maison gardait ses volets fermés : personne ne venait la visiter.

On construisait une nouvelle usine à la place de celle qui avait brûlé entièrement. C'est inflammable, les matières plastiques. On bâtissait en même temps, à côté, une cité ouvrière, des maisonnettes blanches à toits rouges, toutes pareilles. On disait que M. Venesc, le véritable patron de l'usine, bien que cela fût une Société Anonyme, viendrait s'installer dans le pays, et qu'il serait intéressé par la maison aux volets fermés de Pierce. Mais cela devait être faux, on raconte tellement de choses, ce n'était pas une maison pour M. Venesc, d'ailleurs, il avait acheté un terrain, non pas à Pierce, mais de l'autre côté de l'usine, et l'on y avait même déjà commencé la construction d'une villa, tout ce qu'il y a de plus moderne, avec de grandes baies et beaucoup de vitres. M. Venesc, qui était marié et dont la femme attendait un deuxième enfant, n'allait pas s'installer dans cette vieille baraque. Certainement pas.

Justin Merlin avait pourtant encore réapparu à Pierce : chez Mme Vavin, dans l'arrière-boutique de son épicerie qui était en même temps sa cuisine et sa salle à manger, et où elle venait d'installer un poste de télévision acheté à crédit. Un soir, sur le petit écran, elle vit M. Merlin, et cela fut si inattendu qu'elle cria : « Mon Dieu, c'est lui !... » La sœur de Mme Vavin qui était là pour les fêtes de Noël avec sa petite fille, n'en revenait pas, elle non plus. Comment, c'était le monsieur de la maison d'en face, celui qui était parti en laissant les lumières allumées, les portes ouvertes, et toutes ses affaires ? Oui, c'était lui, c'était lui mais tais-toi donc, Jeanne, bon Dieu, qu'est-ce qu'il dit, je n'entends pas ce qu'il dit !...

Justin Merlin était assis avec un autre homme devant une table, sur un fond de bibliothèque, et il fumait paisiblement sa pipe. M. Merlin en noir et blanc, des cernes noirs sous les yeux, les joues rondes et blanches trouées d'un creux noir, le grand front bombé, très blanc, et l'auréole derrière sa tête... Mme Vavin était toute retournée, pas encore habituée à la télévision et à ses surprises, et de revoir M. Merlin qui était parti sans lui avoir dit un mot, de le voir ainsi, dans sa pose habituelle, comme elle l'avait vu tant de fois, à fumer sa pipe dans le fauteuil rouge, ah ! ça lui faisait quelque chose... M. Merlin ne semblait pas savoir qu'il se trouvait chez Mme Vavin et parlait avec l'autre monsieur, comme s'il n'y avait personne pour les écouter ni les voir...

— Monsieur Justin Merlin, disait ce monsieur, un petit gros avec une moustache en brosse, premièrement permettez-moi de vous remercier au nom de la R. T. F. d'avoir consenti à me recevoir et de vous prêter à une interview à la veille de votre départ, au milieu de vos préparatifs pour cette grande expédition. Après le succès de votre dernier film : *La vie commence demain*, succès sans précédent même dans votre carrière, quels sont vos projets, monsieur Merlin ?

Et Mme Vavin entendit la voix de M. Merlin — ah, c'était bien sa voix ! — et le toc-toc de sa pipe sur le rebord du cendrier...

— Je vais tourner un film en Afrique, dans le désert... Un film qui montrera le prodigieux effort des pionniers du pétrole que l'on tire des profondeurs sahariennes... Demain, je pars avec mon équipe pour un voyage d'études préliminaires. Je voudrais...

Mais l'autre l'interrompit, le grossier !

— Cela ne sera pas un documentaire, je suppose ?

— Non... Un film romancé... Il demande une documentation sérieuse, néanmoins. Je compte aller dans le tréfonds du désert et des hommes. Ce que j'ai imaginé, et ce que j'en ai appris ici, en Europe, est peut-être trop fantastique pour être vrai... Sur les nomades, les villages volants... La beauté des Touareg, l'immensité féodale des domaines appartenant à leur Seigneur... La guerre actuelle et les lois d'hospitalité qui d'un prisonnier, ou d'une prisonnière, peuvent faire un hôte d'honneur... J'imagine une femme, une Française, une femme jeune, courageuse, imprudente, qui serait tombée entre leurs mains... Une femme comme Blanche Hauteville...

— Blanche Hauteville ? Vous supposeriez quoi, exactement ? Qu'elle n'a pas péri avec son avion au-dessus du Sahara ? Qu'elle a fait un atterrissage forcé et qu'elle a été capturée par le F. L. N. ?

Justin Merlin, très immobile dans son fauteuil, dit :

— ... Qu'elle est en vie. Personne n'a vu les débris de son avion. Ni son cadavre ou son squelette. Si elle est tombée dans le désert, si elle a dû marcher interminablement dans ce paysage lunaire du désert... d'or et d'argent... avec ces ombres qui donnent à la pleine lune une face humaine, lorsqu'on la regarde de terre... Mais qu'est-ce que cela doit être lorsqu'on y est! Sur cette étendue inhumaine où l'homme est abandonné à la seule force de son âme! Blanche possède cette force. Aujourd'hui Icare est femme. Blanche Hauteville, pilote d'essai avant sa maladie de cœur, a offert sa vie pour découvrir, conquérir ou combattre... Peut-être est-elle prisonnière d'une secte maraboutique secrète, d'une des confréries religieuses rivales... Peut-être vit-elle parmi ces nomades, en plein Moyen Age. A moins qu'elle ne se soit déjà évadée, qu'elle n'ait recommencé sa marche dans le sable du désert, qu'elle n'ait rencontré une unité combattante européenne... Qu'elle n'ait déjà vu la guerre de près et touché le fond de l'angoisse... Et qu'est l'angoisse physique à côté de l'angoisse de l'âme! Blanche Hauteville...

— Vous l'avez connue personnellement, monsieur Merlin?

Ah, celui-là, il ne peut donc pas laisser M. Merlin parler! Il faut qu'il l'interrompe!

— Oui, beaucoup... Si on veut. Mais pas réellement. Et je voudrais la trouver, cette femme réelle...

— Mais, recommençait l'autre, dans votre film, ou comment?... Il me semble que dans la réalité...

Cette fois, ce fut Justin Merlin qui coupa la parole à son interlocuteur.

— Dans le film, dit-il, dans le film... nous parlons du film...

Soudain, il n'y eut plus sur l'écran que le visage de Justin Merlin, en gros plan, et de ses yeux un peu plissés de recevoir en plein les projecteurs, il regardait directement Mme Vavin! De ses yeux entourés d'un cerne noir qui lui mangeait les joues, sous le front blanc, ridé... Mme Vavin recula un peu sa chaise, et elle avait des larmes d'émotion...

— Nous trouverons Blanche Hauteville en vie — disait-il à Mme Vavin, et des étincelles se mirent à lui picoter le visage (un camion dans les parages).

— Elle devait prendre place dans une fusée partant pour un des premiers voyages dans la lune, on en a parlé dans la biographie qui a été donnée à l'occasion de sa disparition... M. Merlin détourna les yeux. — La terre, l'attraction de la terre semble avoir retenu Blanche... L'accident n'est-ce pas?... Ensuite, Blanche a dû marcher à pied, longuement, sans boussole. Imaginez ce qu'elle a dû vivre... Elle qui était habituée à voler, munie de tous les perfectionnements de la technique moderne! Mais elle aura enfin trouvé et de l'eau et des êtres humains... Elle reviendra, elle ne sera pas en retard pour les espaces interstellaires! Ça n'a rien d'invraisemblable, n'est-ce pas?

Le gros plan disparut, et Mme Vavin revit M. Merlin assis dans son fauteuil à côté du petit gros avec sa moustache en brosse :

— Mais je ne doute pas que vous rendiez la chose vraisemblable, monsieur Merlin! Et, est-ce que vous avez déjà un titre pour ce nouveau film?

— Oui... *Luna-Park*...

— Aha!... *Luna-Park!* Et une dernière question encore : à qui allez-vous confier le rôle de Blanche Hauteville?

Sur l'écran apparut en gros plan la main de Justin Merlin tenant sa pipe, une main grassouillette, lente, tranquille, pendant qu'on entendait sa voix dire :

— Mais le rôle de Blanche Hauteville doit être tenu par Blanche Hauteville...

Mme Vavin était très étonnée et avec elle des millions de téléspectateurs... M. Merlin croyait donc pour de bon que cette dame était vivante? L'étonnement de l'interlocuteur de Justin Merlin parut à l'écran, puisqu'ils y étaient à nouveau tous les deux, côte à côte...

— Vous êtes formidable, monsieur Merlin, formidable! Blanche Hauteville dans le rôle de Blanche Hauteville! Si Justin Merlin en a décidé ainsi, je ne doute pas que cela sera...

Justin Merlin sourit pour la première fois :

— J'en ai décidé ainsi. Il ne faut pas que mes personnages, que mes héros... et mes héroïnes... et Blanche Hauteville est une héroïne... continuent à périr à la fin de mes histoires, et que je chagrine toujours mes spectateurs qui sont mes amis. Blanche Hauteville vit et vivra. Et elle ira encore dans la lune...

L'image s'effaça, et Justin Merlin disparut de l'arrière-boutique de Mme Vavin.

Mme Vavin alluma l'électricité. Elle ne voulait plus, ce soir, regarder la télévision, elle voulait rester sur l'apparition de M. Merlin...

— On a beau être de son temps, dit-elle à sa sœur Jeanne, ça m'impressionne quand même...

La petite qu'on avait couchée dans la chambre, à côté, s'était mise à crier :

— Maman! Me lever! Maman!...

Elle cria si longtemps et si fort que sa mère alla la chercher... Elle avait à peine deux ans, et de ne pas être chez elle, dans son lit, la tenait éveillée, énervée, méchante...

— Viens, on va la sortir..., dit Mme Vavin, on fera la vaisselle après. Enveloppe-la bien... Il ne neige plus, et le froid la fera dormir, au retour.

Elles sortirent, la petite dans les bras de sa mère. Pierce était méconnaissable sous la neige, blanc et noir, avec des étincelles, comme si c'était encore une fois l'écran de la télévision. A peine dehors, la petite avait cessé de pleurer. Elle regardait la nuit, la joue mouillée contre la joue de sa mère. Jamais encore, elle n'avait vu un grand ciel nocturne au-dessus des champs, des étoiles et cette chose ronde, jaune, immense...

— Qu'est-ce que c'est? dit-elle enfin, son doigt vers le ciel.

— La lune, mon petit cœur, la lune...

— Donne-moi la lune, maman...

Les deux femmes éclatèrent de rire et la petite se remit à pleurer, mais si doucement, si amèrement, si désespérément, qu'elles ne savaient comment la consoler, lui promettaient la lune, les étoiles, la Voie Lactée...

— Ne pleure pas, mon petit cœur, ne pleure pas. Quand tu seras grande, tu iras dans la lune comme la Dame Blanche...

Elles avaient marché jusqu'au chantier de la nouvelle usine de matières plastiques, que l'on construisait à l'emplacement de celle qui avait brûlé au printemps. Là, elles rebroussèrent chemin, et c'était

Mᵐᵉ Vavin qui portait maintenant la petite, enfin
calmée, tout endormie, chaude, bonne. Un silence
de neige, feutré, ouaté, dans un monde immobile,
désert et étincelant. Personne... Il n'y avait jamais
personne dans ce pays! Déjà la maison de Blanche
Hauteville, cachée derrière les murs de son jardin,
montrait son toit sous un gros édredon de neige.
La porte de l'épicerie se referma sur les deux femmes et l'enfant, et la lune immense, hautaine, resta
enfin en tête à tête avec la maison de Blanche.

A moins que cette ombre dans le jardin ne fût
celle d'un homme. Une ombre immobile, face à
la maison, et qui regardait ses fenêtres noires.

Paris, 1959.

DU MÊME AUTEUR

Œuvres en français

MILLE REGRETS, *nouvelles* (Denoël).

LE CHEVAL BLANC, *roman* (Denoêl).

LE PREMIER ACCROC COÛTE DEUX CENTS FRANCS, *nouvelles* (Denoël)). *Prix Goncourt.*

QUEL EST CET ÉTRANGER QUI N'EST PAS D'ICI, OU LE MYTHE DE LA BARONNE MÉLANIE (Seghers).

PERSONNE NE M'AIME, *roman* (E.F.R.).

LES FANTÔMES ARMÉS, *roman* (E.F.R.).

L'ÉCRIVAIN ET LE LIVRE, OU LA SUITE DANS LES IDÉES, *essai* (Éd. Sociales).

L'INSPECTEUR DES RUINES, *roman* (E.F.R.).

LE CHEVAL ROUX, OU LES INTENTIONS HU-MAINES, *roman* (E.F.R.-Gallimard).

L'HISTOIRE D'ANTON TCHEKHOV (E.F.R.).

LE RENDEZ-VOUS DES ÉTRANGERS, *roman* (Galli-mard). *Prix de la Fraternité.*

LE MONUMENT, *roman* (Gallimard).

L'ÂGE DE NYLON, *roman* (Gallimard).

   ROSES À CRÉDIT

   LUNA-PARK

   L'ÂME

ELSA TRIOLET CHOISIE PAR ARAGON, anthologie préparée par Aragon (Gallimard).

LES MANIGANCES, *roman* (Gallimard).

LE GRAND JAMAIS, *roman* (Gallimard).

ÉCOUTEZ-VOIR, *roman* (Gallimard).

LA MISE EN MOTS, *essai* (Skira).

LE ROSSIGNOL SE TAIT À L'AUBE, *roman* (Gallimard).

FRAISE-DES-BOIS, *roman* (Gallimard).

CAMOUFLAGE, *roman* (Gallimard).

BONSOIR THÉRÈSE, *roman* (Gallimard).

CHRONIQUES THÉÂTRALES. Les Lettres françaises (1948-1951), *essai* (Gallimard).

ŒUVRES ROMANESQUES CROISÉES D'ELSA TRIOLET ET ARAGON (Robert Laffont).

Œuvres en russe

À TAHITI, trad. par Elsa Triolet (Œuvres croisées, R. Laffont).

FRAISE-DES-BOIS, roman, trad. par L. Robel (Gallimard).

CAMOUFLAGE, roman, trad. par L. Robel (Gallimard).

COLLIERS, trad. par L. Robel (R. Laffont).

En collaboration

DESSINS ANIMÉS, avec le concours de Raymond Peynet (Bordas).

POUR QUE PARIS SOIT, avec Robert Doisneau (Cercle d'Art).

BIOGRAPHIE DE CHRISTO BOTEV, in *Poèmes de Christo Botev*, traduits du bulgare et adaptés par Paul Éluard (E.F.R.).

Traductions

Iline . LES MONTAGNES ET LES HOMMES (Hier et Aujourd'hui).

LA JEUNE FILLE DE KACHINE, journal intime et lettres d'Ina Konstantinova (E.F.R.).

Nicolas Gogol : LE PORTRAIT (E.F.R.).

Maïakovski : VERS ET PROSES DE 1910 À 1930 (E.F.R.).

Anton Tchekhov : THÉÂTRE, 2 vol. (E.F.R.).

LA POÉSIE RUSSE, anthologie publiée sous la direction d'Elsa Triolet (Seghers).

Marina Tsvetaeva : POÈMES (Gallimard).

Victor Chklovski : CAPITAINE FEDOTOV (Gallimard).

COLLECTION FOLIO

Dernières parutions

2825. Mircea Eliade   *Les dix-neuf roses.*
2826. Roger Grenier   *Le Pierrot noir.*
2827. David McNeil   *Tous les bars de Zanzibar.*
2828. René Frégni   *Le voleur d'innocence.*
2829. Louvet de Couvray   *Les Amours du chevalier de Faublas.*
2830. James Joyce   *Ulysse.*
2831. François-Régis Bastide   *L'homme au désir d'amour lointain.*
2832. Thomas Bernhard   *L'origine.*
2833. Daniel Boulanger   *Les noces du merle.*
2834. Michel del Castillo   *Rue des Archives.*
2835. Pierre Drieu la Rochelle   *Une femme à sa fenêtre.*
2836. Joseph Kessel   *Dames de Californie.*
2837. Patrick Mosconi   *La nuit apache.*
2838. Marguerite Yourcenar   *Conte bleu.*
2839. Pascal Quignard   *Le sexe et l'effroi.*
2840. Guy de Maupassant   *L'Inutile Beauté.*
2841. Kôbô Abé   *Rendez-vous secret.*
2842. Nicolas Bouvier   *Le poisson-scorpion.*
2843. Patrick Chamoiseau   *Chemin-d'école.*
2844. Patrick Chamoiseau   *Antan d'enfance.*
2845. Philippe Djian   *Assassins.*
2846. Lawrence Durrell   *Le Carrousel sicilien.*
2847. Jean-Marie Laclavetine   *Le rouge et le blanc.*
2848. D.H. Lawrence   *Kangourou.*
2849. Francine Prose   *Les petits miracles.*
2850. Jean-Jacques Sempé   *Insondables mystères.*

2851. Béatrix Beck — *Des accommodements avec le ciel.*

2852. Herman Melville — *Moby Dick.*

2853. Jean-Claude Brisville — *Beaumarchais, l'insolent.*

2854. James Baldwin — *Face à l'homme blanc.*

2855. James Baldwin — *La prochaine fois, le feu.*

2856. W.-R. Burnett — *Rien dans les manches.*

2857. Michel Déon — *Un déjeuner de soleil.*

2858. Michel Déon — *Le jeune homme vert.*

2859. Philippe Le Guillou — *Le passage de l'Aulne.*

2860. Claude Brami — *Mon amie d'enfance.*

2861. Serge Brussolo — *La moisson d'hiver.*

2862. René de Ceccatty — *L'accompagnement.*

2863. Jerome Charyn — *Les filles de Maria.*

2864. Paule Constant — *La fille du Gobernator.*

2865. Didier Daeninckx — *Un château en Bohême.*

2866. Christian Giudicelli — *Quartiers d'Italie.*

2867. Isabelle Jarry — *L'archange perdu.*

2868. Marie Nimier — *La caresse.*

2869. Arto Paasilinna — *La forêt des renards pendus.*

2870. Jorge Semprun — *L'écriture ou la vie.*

2871. Tito Topin — *Piano barjo.*

2872. Michel Del Castillo — *Tanguy.*

2873. Huysmans — *En Route.*

2874. James M. Cain — *Le bluffeur.*

2875. Réjean Ducharme — *Va savoir.*

2876. Mathieu Lindon — *Champion du monde.*

2877. Robert Littell — *Le sphinx de Sibérie.*

2878. Claude Roy — *Les rencontres des jours 1992-1993.*

2879. Danièle Sallenave — *Les trois minutes du diable.*

2880. Philippe Sollers — *La Guerre du Goût.*

2881. Michel Tournier — *Le pied de la lettre.*

2882. Michel Tournier — *Le miroir des idées.*

2883. Andreï Makine — *Confession d'un porte-drapeau déchu.*

2884. Andreï Makine — *La fille d'un héros de l'Union soviétique.*

2885. Andreï Makine — *Au temps du fleuve Amour.*

2886. John Updike — *La Parfaite Épouse.*

2887. Daniel Defoe — *Robinson Crusoé.*

2888. Philippe Beaussant   *L'archéologue.*
2889. Pierre Bergounioux   *Miette.*
2890. Pierrette Fleutiaux   *Allons-nous être heureux ?*
2891. Remo Forlani   *La déglingue.*
2892. Joe Gores   *Inconnue au bataillon.*
2893. Félicien Marceau   *Les ingénus.*
2894. Ian McEwan   *Les chiens noirs.*
2895. Pierre Michon   *Vies minuscules.*
2896. Susan Minot   *La vie secrète de Lilian Eliot.*
2897. Orhan Pamuk   *Le livre noir.*
2898. William Styron   *Un matin de Virginie.*
2899. Claudine Vegh   *Je ne lui ai pas dit au revoir.*
2900. Robert Walser   *Le brigand.*
2901. Grimm   *Nouveaux contes.*
2902. Chrétien de Troyes   *Lancelot ou Le chevalier de la charrette.*
2903. Herman Melville   *Bartleby, le scribe.*
2904. Jerome Charyn   *Isaac le mystérieux.*
2905. Guy Debord   *Commentaires sur la société du spectacle.*
2906. Guy Debord   *Potlatch (1954-1957).*
2907. Karen Blixen   *Les chevaux fantômes* et autres contes.
2908. Emmanuel Carrère   *La classe de neige.*
2909. James Crumley   *Un pour marquer la cadence.*
2910. Anne Cuneo   *Le trajet d'une rivière.*
2911. John Dos Passos   *L'initiation d'un homme : 1917.*
2912. Alexandre Jardin   *L'île des Gauchers.*
2913. Jean Rolin   *Zones.*
2914. Jorge Semprun   *L'Algarabie.*
2915. Junichirô Tanizaki   *Le chat, son maître et ses deux maîtresses.*
2916. Bernard Tirtiaux   *Les sept couleurs du vent.*
2917. H.G. Wells   *L'île du docteur Moreau.*
2918. Alphonse Daudet   *Tartarin sur les Alpes.*
2919. Albert Camus   *Discours de Suède.*
2921. Chester Himes   *Regrets sans repentir.*
2922. Paula Jacques   *La descente au paradis.*
2923. Sibylle Lacan   *Un père.*
2924. Kenzaburô Ôé   *Une existence tranquille.*
2925. Jean-Noël Pancrazi   *Madame Arnoul.*

2926. Ernest Pépin — *L'Homme-au-Bâton.*
2927. Antoine de Saint-Exupéry — *Lettres à sa mère.*
2928. Mario Vargas Llosa — *Le poisson dans l'eau.*
2929. Arthur de Gobineau — *Les Pléiades.*
2930. Alex Abella — *Le Massacre des Saints.*
2932. Thomas Bernhard — *Oui.*
2933. Gérard Macé — *Le dernier des Égyptiens.*
2934. Andreï Makine — *Le testament français.*
2935. N. Scott Momaday — *Le Chemin de la Montagne de Pluie.*
2936. Maurice Rheims — *Les forêts d'argent.*
2937. Philip Roth — *Opération Shylock.*
2938. Philippe Sollers — *Le Cavalier du Louvre. Vivant Denon.*
2939. Giovanni Verga — *Les Malavoglia.*
2941. Christophe Bourdin — *Le fil.*
2942. Guy de Maupassant — *Yvette.*
2943. Simone de Beauvoir — *L'Amérique au jour le jour, 1947.*
2944. Victor Hugo — *Choses vues, 1830-1848.*
2945. Victor Hugo — *Choses vues, 1849-1885.*
2946. Carlos Fuentes — *L'oranger.*
2947. Roger Grenier — *Regardez la neige qui tombe.*
2948. Charles Juliet — *Lambeaux.*
2949. J.M.G. Le Clézio — *Voyage à Rodrigues.*
2950. Pierre Magnan — *La Folie Forcalquier.*
2951. Amoz Oz — *Toucher l'eau, toucher le vent.*
2952. Jean-Marie Rouart — *Morny, un voluptueux au pouvoir.*
2953. Pierre Salinger — *De mémoire.*
2954. Shi Nai-an — *Au bord de l'eau I.*
2955. Shi Nai-an — *Au bord de l'eau II.*
2956. Marivaux — *La Vie de Marianne.*
2957. Kent Anderson — *Sympathy for the Devil.*
2958. André Malraux — *Espoir — Sierra de Teruel.*
2959. Christian Bobin — *La folle allure.*
2960. Nicolas Bréhal — *Le parfait amour.*
2961. Serge Brussolo — *Hurlemort.*
2962. Hervé Guibert — *La piqûre d'amour et autres textes.*
2963. Ernest Hemingway — *Le chaud et le froid.*

2964. James Joyce — *Finnegans Wake.*
2965. Gilbert Sinoué — *Le Livre de saphir.*
2966. Junichirô Tanizaki — *Quatre sœurs.*
2967. Jeroen Brouwers — *Rouge décanté.*
2968. Forrest Carter — *Pleure, Géronimo.*
2971. Didier Daeninckx — *Métropolice.*
2972. Franz-Olivier Giesbert — *Le vieil homme et la mort.*
2973. Jean-Marie Laclavetine — *Demain la veille.*
2974. J.M.G. Le Clézio — *La quarantaine.*
2975. Régine Pernoud — *Jeanne d'Arc.*
2976. Pascal Quignard — *Petits traités I.*
2977. Pascal Quignard — *Petits traités II.*
2978. Geneviève Brisac — *Les filles.*
2979. Stendhal — *Promenades dans Rome.*
2980. Virgile — *Bucoliques. Géorgiques.*
2981. Milan Kundera — *La lenteur.*
2982. Odon Vallet — *L'affaire Oscar Wilde.*
2983. Marguerite Yourcenar — *Lettres à ses amis et quelques autres.*

2984. Vassili Axionov — *Une saga moscovite I.*
2985. Vassili Axionov — *Une saga moscovite II.*

Impression Bussière Camedan Imprimeries
à Saint-Amand (Cher),
le 3 septembre 1997.
Dépôt légal : septembre 1997.
1ᵉʳ dépôt légal dans la collection : mars 1973.
Numéro d'imprimeur : 1/2162.
ISBN 2-07-036358-9./Imprimé en France.

83994